Hansjörg Schneider

Die Eule
über dem Rhein

PROSA

Diogenes

Ausgewählt von Hansjörg Schneider,
Margaux de Weck und Elke Ritzlmayr
Die Texte wurden vom Autor
für diese Ausgabe durchgesehen
Nachweis am Schluss des Bandes
Das Gedicht von Werner Lutz auf S. 131f.,
›Stromboli, Weininsel, Tisch‹, stammt aus dem Band:
Ich brauche dieses Leben. Gedichte. Zürich: Suhrkamp, 1979,
Seite 23. Copyright © Erben Werner Lutz
Abdruck mit freundlicher Genehmigung
Covermotiv: Illustration von Christoph Niemann,
›Freundschaftsinsel‹, 2021
Copyright © Christoph Niemann

Der Diogenes Verlag wird vom Bundesamt für Kultur
für die Jahre 2021–2024 unterstützt

Inhalt

II

AUS MEINEM LEBEN

Die Eule über dem Rhein

Wo sich der Rhein nach einem Rechtsknick in die oberrheinische Tiefebene ergießt, sitzt oben auf der Pfalz eine zweitausend Jahre alte Eule, die Basilea heißt. Sie hockt auf dem Chordach des ehemaligen Heinrichsmünsters, das gestützt wird von fantastischen Steinelefanten, die der uralten Handschrift des Hortus Deliciarum nachempfunden sind. Sie schaut über den Fluss ins Kleinbasel hinüber, auf den Schwarzwald dahinter. Nur selten ruckt sie mit dem Kopf nach links Richtung Vogesen, dann nach rechts Richtung Jura.

Sonst bewegt sie sich kaum. Sie scheint zu schlafen. Manchmal, in seltenen Vollmondnächten, lässt sie sich fallen und gleitet auf leisen Schwingen rheinwärts bis nach Birsfelden. Dort kehrt sie um, denn das Baselbiet ist ihr nicht mehr geheuer.

Sie fliegt nordwärts bis zu den Schleusen von Kembs, dem Sog der Tiefebene folgend. Aber bei den hell beleuchteten Schleusentürmen macht sie kehrt, weil sie Heimweh hat. Am liebsten sitzt sie daheim auf dem Münsterdach und spielt den versteinerten Vogel, kaum wahrnehmbar auf dem hellroten Sandstein. Den scharfen Schnabel versteckt sie im Gefieder. Den packt sie nur einmal aus im Jahr, an den drei Tagen der Fasnacht. Dann hört die ganze Schweiz zu, wie sie ihre kunstvoll gepfefferten Spottverse in den Äther krächzt.

Basel ist eine geheimnisvolle, heimliche Stadt. Es ist eine Stadt dazwischen. Zwischen Schwarzwald, Elsass und der Schweiz. Zwischen Vergangenheit und Zukunft. Und zwischen Spott und Melancholie.

Es ist die eigentümlichste, unbekannteste Stadt der Deutschschweiz, die zwar 1501 der Eidgenossenschaft beigetreten ist, weil sie sich dadurch militärischen Schutz versprach. Aber richtig eingeschweizert hat sie sich nie. Die Schweizer Kultur ist eine Bauernkultur. Basel hingegen ist eine alte, durch und durch urbane Reichsstadt.

Der erste Bischof, mit Sitz im benachbarten Kaiseraugst, ist aus dem 4. Jahrhundert bezeugt. Im Jahre 740 ist einer seiner Nachfolger nach Basel umgezogen. Außerhalb der Mauern, im St.-Alban-Tal, wurde 1083 Basels erstes Kloster gegründet, dessen Kreuzgang noch heute zu besichtigen ist. Ein mittelalterliches Sprichwort besagt, dass von den rheinischen Bistümern Konstanz das größte sei, Köln das heiligste, Straßburg das edelste und Basel das lustigste.

Die Basler sind keine Kriegsgurgeln. Die Stadt hat ihren Erfolg nie ihrer militärischen Macht verdankt wie etwa die alten Orte der Innerschweiz oder Bern. Sie hat lieber verhandelt als dreingeschlagen. Was ihr die Nachfahren der alten Eidgenossen, die Habsburg und Karl den Kühnen besiegten, noch heute heimlich vorwerfen. Aber Hauen und Stechen muss ja nicht unbedingt ein Zeichen von Intelligenz sein. Mit schlauer Diplomatie ist möglicherweise mehr zu erreichen. Basel ist jedenfalls im Laufe seiner stolzen Geschichte nie besetzt und geplündert worden, sieht man vom Überfall der Magyaren im Jahre 917 einmal ab. Davon zeugt ein mächtiger Steinsarg, der im Münster liegt. »Von den Ungarn erschlagen« steht drauf.

Es war denn auch der Basler Bürgermeister Johann Rudolf Wettstein, der im Westfälischen Frieden von 1648 erreicht hat, »dass die Stadt Basel und die übrigen Schweizer Kantone im Besitze völliger Freiheit und dem Reich und seinen Gerichten in keiner Weise unterworfen seien«, wie es im Vertrag heißt.

Als im Jahre 1833 die basellländischen Untertanen aufmuckten und sich als freie Schweizer selbst regieren wollten, probierten es die Baselstädter doch mit Waffen. Es bekam ihnen schlecht. Nach einem kurzen Gefecht rannten sie in panischer Angst zurück in ihre Mauern. 65 von ihnen blieben tot zurück. Seitdem gibt es die beiden Halbkantone Baselland und Baselstadt. Und noch heute ist zwischen den beiden nicht immer gut Kirschen essen.

Basel ist eine Stadt ohne Land (außer den beiden rechtsrheinischen Gemeinden Riehen und Bettingen). Die Basler gelten als hochnäsig, schlau und geldgierig. In Franz Schnyders Gotthelf-Filmen wird der Bösewicht aus der Stadt stets von einem Basler gespielt.

Basel hat ein schlechtes Image in der Eidgenossenschaft. Hier wird weder gehornusst noch geschwungen. Gejodelt wird bloß von den Auswärtigen. Und in den heimischen Gassen wird ein Idiom gekrächzt, dass es den Herrgott graust. Und das sollen echte Schweizer sein?

Das liebste Hobby des Baslers ist das Geldverdienen. Sein zweitliebstes sind Kultur und Kunst.

Basel ist ein wirtschaftliches Erfolgsmodell. Hier stand der erste Bahnhof auf Schweizer Boden, der die Stadt mit Straßburg verband. Dank der Seidenbandindustrie, für welche die Posamenter im Baselbiet arbeiteten, gab es eine Nachfrage nach Färbemitteln. Daraus entstand die chemische Industrie, der Basel heute seinen Reichtum verdankt.

Basel ist EU-freundlich. Das hat nichts mit Verrat der vaterländischen Werte zu tun, sondern mit Vernunft. In der oberrheinischen Region entsteht eine EU im Kleinen. Basel hat gar keine andere Wahl, als mitzumachen. Die Landesgrenzen werden hier als Anachronismus verstanden. Hier wächst tatsächlich ein Gebiet zusammen, das zusammengehört. Zehntausende Arbeitnehmer aus dem Elsass und dem Markgräflerland, sogenannte Grenzgänger, fahren jeden Tag in die Nordwestschweiz zur Arbeit. Im Allgemeinen kommt man gut aus miteinander. Man redet schließlich einen ähnlichen Dialekt. Eine Phobie gegen Deutsche gibt es hier nicht. Man lebt schon so lange zusammen, dass man sich aneinander gewöhnt hat. Übrigens sind auch Elsässer und Markgräfler froh, dass sie in Basel so reden können, wie ihnen der Schnabel gewachsen ist. Die Nordwestschweiz hilft ihnen, ihren Dialekt zu behalten.

Ein Teil des Geldes, das Basel verdient, wird in die Kultur gesteckt, jährlich mehr als hundert Millionen. Es gibt hier das Kulturangebot einer Großstadt. Und was in den Museen hängt, ist Weltklasse.

Die Geschichte der Fondation Beyeler etwa ist ein Märchen, wie es nur in Basel wahr werden kann. Da hat es ein unbemittelter Galeristenlehrling fertiggebracht, einen Banker zu überzeugen, ihm Geld zu leihen, damit er Bilder kaufen konnte. Als er 2010 starb, besaß Ernst Beyeler eine Kunstsammlung allerersten Ranges. Die Ausstellungen in der Fondation Beyeler sind so gut wie im Centre Pompidou. Und das alles findet in einem Dorf namens Riehen statt.

Das Sammeln von Kunst hat Tradition in Basel. Bereits 1661 kaufte die Stadt das Amerbach-Kabinett auf, womit sie eine der ältesten öffentlichen Kunstsammlungen besitzt.

Die Basler waren schon immer kühle Rechner, die ein Faible für gute Bilder hatten. Das Produzieren von Kunst interessiert sie nicht, das überlassen sie den Auswärtigen. Sie selber interessieren sich bloß für das Produkt. Deshalb nahm man hier seit je besonders gern Menschen auf, die »rych oder kunstrych« waren, wie es in einem Fremdenerlass von 1546 heißt.

Um 1500 war Basel eine Druckerstadt, offen und tolerant. Hier hat Erasmus von Rotterdam zum ersten Mal die griechische Originalfassung des Neuen Testaments gedruckt herausgegeben. Hier erschienen die lateinische Fassung des Korans und der Bestseller *Das Narrenschiff* des Elsässers Sebastian Brant.

Heute kann von einer Druckerstadt nicht mehr

die Rede sein. Das gedruckte Wort hat in Basel kein Brot mehr. Es gibt fast keine erzählende Literatur aus dieser Stadt. Die großen Autoren des 19. Jahrhundert hießen hier nicht Gottfried Keller und Jeremias Gotthelf, sondern Jacob Burckhardt und Johann Jakob Bachofen: Es waren Geisteswissenschaftler. Romane hält man am Rheinknie für überflüssiges Zeug, das nichts einbringt. Und wenn man Lust auf Poesie hat, macht man halt selber ein paar Schnitzelbänke.

Die großen Verlage für Zeitungen und neue Literatur sind alle in Zürich. Radio und Fernsehen auch. Auch die *Basler Zeitung* gehört heute dem Zürcher Tamedia-Konzern. Als ob in Basel kein Geld vorhanden wäre, um das Lokalblatt selber zu bezahlen.

Offenbar ist es den Baslern egal, wer über sie berichtet. Und ob überhaupt berichtet wird. Sie genügen sich selbst. So kommt es, dass in den Zeitungen fast nichts über die Stadt am Rheinknie zu lesen und im Fernsehen fast nichts zu sehen ist. Die Redaktionen sitzen alle in Zürich, deshalb berichten sie über Zürich. Wenn in Basel die Post abgeht, interessiert sie das nicht. Viel lieber berichten sie über den Deutschenhass der Schweizer. Worüber der Basler nur lachen kann.

Eine seltsame Stadt, wie gesagt. Eine Stadt, die

sich der Öffentlichkeit verweigert. Ein großes Dorf, in dem man sich zwar kennt, aber dem Fremden gegenüber eigenartig reserviert bleibt. Man gibt nichts preis von sich, man macht höchstens einen spöttischen Spruch.

Man zeigt sich nicht oder höchstens hinter einer Larve. Man tanzt nicht in den schönen alten Gassen – höchstens an der Fasnacht, dann aber im militärischen Gleichschritt.

Für einen Aargauer, wie ich einer bin, ist es manchmal kalt hier. Dann bin ich froh, ins Elsass oder in den Schwarzwald abhauen zu können. Dort wohnen Leute wie ich.

Es klebt offenbar ein Stallgeruch an mir, den ich selber nicht wahrnehmen kann. Aber der Basler wittert ihn sogleich. Das stört manchmal, das eckt an. Denn einem Bauern gegenüber versagt des Baslers Diplomatie. Er wird unsicher, er ahnt urchiges Brauchtum, urtümliche Kraft, wo bloß Neugier ist. Und er antwortet mit Ironie.

Ich wohne schon über fünfzig Jahre hier. Ich bin noch immer ein Fremder. Dieses Fremdsein hat indessen enorme Vorteile. Man lässt mich in Ruhe, so dass ich mich vogelfrei fühle. Das schafft die Distanz, die ich zum Schreiben brauche.

Wer auf der Autobahn durch Basel fährt, sieht nichts außer einer Betonröhre. Die bringt man in zehn Minuten hinter sich. Wer durch Basel schwimmt, sieht eine der schönsten Städte Europas. Man steigt oben beim Birskopf ein, an einem schönen Gestade. Man legt sich auf den Rücken und lässt sich treiben, die Ohren unter Wasser, damit man das Rieseln der Kiesel auf dem Grund hört. Begleitet von dieser zauberhaften Musik, schaut man zu, wie die Stadt an einem vorbeigleitet. Links die Kirche St. Alban, die noch aus karolingischer Zeit stammt. Rechts die niedere Häuserfront Kleinbasels. Wieder links die Pfalz mit dem romanischen Münsterchor. Die stolzen Paläste der Augustinergasse, die alte Universität, darüber die Martinskirche. Dann unter der Mittleren Brücke durch, wo Leute stehen und winken. Und schon wittert man die Weite der Tiefebene.

Man kann im Rheinbad St. Johann bequem an Land gehen, einen Kaffee trinken und etwas essen. Man kann sich auch weitertreiben lassen Richtung Meer.

Manchmal in einer Mondnacht ist auf dem Dach des Münsters tatsächlich eine Eule zu sehen. Sie ist kaum zu erkennen, das Licht ist zu schwach. Ihr macht das nichts aus, sie sieht auch in der Dunkelheit. Sie äugt zum Wasser hinunter. Und gleich wird sie losfliegen, vielleicht.

I

Kleine große Welt

Kolumnen 2015–2017

Das Lachen im Paradies

Eines Tages langweilte sich Gott der Herr fast zu Tode. Und er beschloss, sich zur Kurzweil eine Erde zu schaffen. Er machte sich flugs an die Arbeit und schuf zuerst einmal Himmel und Erde. Er sprach: Es werde Licht. Und es ward Licht, so dass er sah, was er da geschaffen hatte. Es kam ihm wüst und elend vor, weshalb er das Nasse vom Trockenen trennte. Um das Land ein bisschen aufzuhellen, ließ er Kraut und Bäume wachsen. Und um Abwechslung in sein Werk zu bringen, schuf er Sonne und Mond, damit es Tag und Nacht wurde. Dann machte er Fische, Vögel und Landgetier und zuletzt Adam und Eva im Paradies.

Als er dies alles getan hatte, gedachte er, sich ein bisschen auszuruhen und sein Werk zu feiern. Es war alles wohlgeraten. Die Fische schwammen, die Vögel flogen, die Schweine grunzten und suhlten sich im übriggebliebenen Schlamm. Nur Adam und Eva wussten nicht recht, was tun. Sie standen nackt da, hielten sich an den Händen und fragten sich, ob sie vielleicht tanzen sollten. Da keine Musik da war, ließen sie es bleiben.

Da beschloss Gott, sich dem Menschenpaar zu offenbaren. Er zog ein schwarzseidenes Gewand an, das ihm fast bis zu den Füßen reichte, so dass seine roten Schühlein darunter hervorschauten. So trat er vor Adam und Eva, freundlich lächelnd. Die erschraken zuerst, sie waren noch nie jemandem begegnet außer sich selbst.

Aber dann musste Eva lachen, sie fand den Alten zu komisch. Da Lachen bekanntlich ansteckend wirkt, prustete auch Adam los. Sogar die Schlange, die sich um ein Bäumlein geringelt hatte, um die Sonne zu genießen, wurde von Gelächter gepackt, so dass sie zu Boden fiel und sich dort vor Lachen krümmte.

Es war dies das erste Gelächter in der Schöpfungsgeschichte. Und noch heute streiten sich die Theologen darüber, ob es ein boshaftes Auslachen war oder ein freudiges Erkenntnislachen.

Gott dem Herrn fuhr dieses Gelächter jedenfalls bös ins alte Gebein. Denn Lachen im Paradies war nicht vorgesehen. Er hatte es extra verboten und eine Tafel hingehängt mit der Aufschrift: »Es gibt keinen Grund zum Lachen!«. Aber er hatte nicht daran gedacht, dass Adam und Eva noch nicht lesen konnten.

Nun erkannte er, dass das Gelächter ihm selber galt. Ihm, dem Schöpfer vom Paradies und Adam und Eva. Was für eine Undankbarkeit! Das ertrug er nicht. Tief beleidigt machte er sich davon und versteckte sich in einer dunklen Höhle, wo kein Sonnenlicht hinscheint. Dort grollt er noch immer.

Der Fremde am Brunnen

Vorn an der Kreuzung steht auf einem eigens dafür ausgesparten Fleck ein Brunnen. Sein Trog ist aus weißem Muschelkalk gehauen. Wasser plätschert hinein, einwandfreies Trinkwasser. Ununterbrochen, am Tag, in der Nacht. Daneben sind drei Bänke für müde Wanderer, damit sie sich aus dem Brunnen laben und ausruhen können. Darüber des Geäst einer Platane, kahl. Es ist Winter, einzelne Schneeflocken fallen herab.

Auf einer der Bänke sitzt ein junger Mann, auf dem Kopf eine rote Mütze. Er sitzt allein da. Er schaut irgendwohin, vielleicht auf den Brunnen, ich weiß es nicht. Mich, der ich an ihm vorbeigehe und mich frage, ob ich ihn grüßen soll, scheint er nicht wahrzunehmen. Sein Blick ist seltsam leer, ermüdet, desillusioniert. Diese Augen haben die Hoffnung aufgegeben, gegrüßt oder sogar angelächelt zu werden.

Der Mann scheint dem Plätschern des Brunnens zuzuhören, als lausche er einer Erinnerung. Er kommt aus der Fremde, aus dem Nahen Osten, Syrien vielleicht. Ein Flüchtling wohl, der sich auf einer öffentlichen Bank ausruht. Ich gehe an ihm vorbei, ohne zu grüßen.

Ein Dorf kommt mir in den Sinn, irgendwo in der Türkei. Wir waren unterwegs in einem Mietauto. Eine Landschaft wie in der Bibel. Links sumpfiges Wasser, in dem Störche standen. Rechts lichter Wald, parkähnlich. Niedere Bäume, etwas wie Steineichen. Der Boden bedeckt mit Anemonen, roten, blauen. Eine unglaubliche Schönheit. Man hätte sich nicht gewundert, wenn der junge David aufgetaucht wäre mit seinen Ziegen und Schafen auf dem Weg zum nächsten Brunnen, um die Tiere zu tränken.

Wir fuhren in eine Ortschaft, mitten auf den Dorfplatz. Einstöckige Häuser ringsum, mit Tischen davor. Daran saßen alte Männer und tranken Tee. Sie schauten erstaunt auf das heranfahrende Auto, sie wunderten sich, wer da komme. Ein Fremder wohl, den es zu bewillkommnen galt. Bestimmt hatten sie unser Auto als Mietwagen erkannt. Und es kamen selten Touristen ins Dorf.

Sie näherten sich, neugierig lächelnd. Es war klar, was sie im Sinne hatten. Den fremden Gast begrüßen, ausfragen, woher er komme, wohin er wolle. Vielleicht konnten einige Deutsch, weil sie in der Schweiz oder in Deutschland gearbeitet hatten. Bestimmt hätte einer »Chuchichäschtli« gesagt, und alle hätten gelacht und sich gefreut über die Verständigung über die Sprachgrenzen hinweg. Womöglich hätten sie ein Lamm geschlachtet, ein Fest gemacht. Die Leier geschlagen, die Zimbel. Ein paar Rakis getrunken zu Ehren der Gäste.

Mich packte eine Art Panik, die Panik vor fremder, fordernder Gastfreundschaft. Es war klar, dass wir von hier nicht mehr ohne weiteres wegkämen, wenn wir ausstiegen.

Ich wendete das Auto und fuhr aus dem Dorf, ohne auszusteigen, im Rückspiegel die enttäuschten Gesichter. Diese Geschichte ist mir in den Sinn gekommen, als ich am fremden Mann vorbeiging. Und ich beschloss, das nächste Mal freundlich zu grüßen.

Von den wortlosen Alten

Ich wohne an der Mittleren Straße in Basel. Eine gute Wohnlage. Man ist schnell in der Innenstadt, am Rhein unten und im Elsass. Es gibt zwei Einkaufscenter in der Nähe, eine Post- und eine Bankfiliale. Es gibt ein Altersheim mit dem Café Oldsmobile, das öffentlich zugänglich ist, und mehrere Wirtschaften. Es ist für alle bestens gesorgt.

Es wohnen viele alte Menschen an dieser Straße. Alleinstehende Leute, Witwen und Witwer, die noch immer in ihren Dreizimmerwohnungen leben. Ich kenne sie vom Sehen, wenn sie einkaufen gehen. Ihre Namen kenne ich nicht. Die Wahrheit ist, dass ich nicht einmal die Namen der Nachbarn in den Häusern nebenan weiß.

Wenn ich in die Bank gehe, stelle ich mich in die Schlange und warte, bis ich an der Reihe bin. Niemand sagt ein Wort. Man redet nicht miteinander in einer Bank. Es geht schließlich um Geld, und Geld ist Privatsache. Dann trete ich zum Schalter und rede ein paar Worte mit der Frau, die mich bedient. Sie ist freundlich und neugierig, sie hätte bestimmt nichts gegen einen Schwatz. Aber das geht nicht, denn Zeit ist Geld.

In der Postfiliale ziehe ich eine Nummer. Ich muss warten, bis diese Nummer aufleuchtet. Ich warte in der Schlange, wir alle schweigen. Dann trete ich zum Schalter und sage der Frau hinter dem Panzerglas, dass ich ein Buch verschicken wolle. Die Frau öffnet das Panzerglas einen Spalt weit, so dass ich das eingepackte Buch hindurchschieben kann. Sie ist im Prinzip freundlich, aber gestresst. Denn es warten weitere Kunden in der Schlange.

Im Einkaufscenter stelle ich mich mit dem Einkaufskorb in die Schlange vor der Kasse. Niemand sagt ein Wort, man kennt sich ja nicht. Und die Frau an der Kasse kennt ihre Kunden nicht. Bestimmt möchte sie freundlich sein und ein paar Worte wechseln. Sie hat keine Zeit dazu, sie ist nur noch gestresst.

Es geht uns gut, so gut wie noch nie. Es gibt zehn Sorten Brot und zwanzig Sorten Joghurt. Man kann für wenig Geld auf eine wunderschöne Insel im Atlantik fliegen. Aber niemand scheint sich darüber zu freuen, niemand sagt ein Wort. Außer den Jungen vielleicht, die ihr Handy am Ohr haben.

Ich sehe die alten Menschen über die Straße gehen, Leute wie ich. Viele sind noch rüstig, sie halten sich wacker auf den Beinen. Einige führen einen kleinen Hund an der Leine und reden dauernd auf ihn ein. Andere schieben einen Rollator vor sich her. Sie gehen ein paar Schritte. Dann bleiben sie stehen, um Atem zu schöpfen.

Ich möchte wissen, was in ihren Köpfen vorgeht. Wie sie leben, ob sie schöne Erinnerungen an früher haben. Ich könnte sie zum Beispiel ins Café an der Ecke vorn einladen. Einen Café crème könnte ich ihnen leicht bezahlen. Man sagt ja, dass alte Menschen lebenserfahren und weise sind. Vielleicht könnte ich von ihnen lernen. Aber dazu fehlen mir Neugier und Zeit. Und überhaupt, mir hört ja auch keiner zu.

Das Mädchen im Park

Wenn ich in Basel bin, gehe ich jeden Morgen in den Kannenfeldpark. Ein ehemaliger Friedhof, heute eine unvergleichliche Schönheit mit allerlei Trauerbäumen, mitten in einem Wohnviertel. Ich drehe jeweils zwei, drei Runden auf dem Kiesweg, gemächlichen Schrittes, um meine alte Lunge durchzulüften. Ich tue das im Gegenuhrzeigersinn, wie die meisten anderen auch. Weiß der Gugger, warum. Ich könnte ja auch einmal in der anderen Richtung eine Runde drehen, überlege ich. Einfach so, zur Abwechslung. Aber ich tue es nicht.

Es sind die verschiedensten Leute unterwegs auf dem Kiesweg. Junge, schnelle Flitzerinnen, die unerhört Gas geben, im farbigen Sportdress. Keuchende Mittvierziger, die mit rot aufgequollenen Gesichtern gegen den Zahn der Zeit anrennen. Frauen mit Kopftüchern, zu dritt oder zu viert. Sie schreiten schnell voran, mit ernsten Mienen. Denn auch sie wollen fit bleiben.

Da ich meist um dieselbe Uhrzeit unterwegs bin, kenne ich einige der Rundendreher, die auch immer zur gleichen Zeit auf den Beinen sind, vom Sehen. Man grüßt sich nicht, man fasst sich nur kurz ins Auge. Und man kennt den Fitnessstand voneinander.

Einige kenne ich aus meinem täglichen Leben. Zum Beispiel den Wirt der Pizzeria vorn am Ring, wo ich gerne verkehre. Er kommt aus der Türkei und rennt im Uhrzeigersinn. Weiß der Geier, warum. Als wir uns zum ersten Mal über den Weg liefen, haben wir uns angelacht, herzlich, wie zwei alte Bekannte. Was wir ja auch sind.

Eine ältere Frau ist häufig auch im Uhrzeigersinn unterwegs, eine Großmutter mit Kinderwagen. Sie trägt dunkle Kleidung samt Kopftuch. Eine Bäuerin wohl, die ein Leben lang gearbeitet hat.

Jetzt schiebt sie ihre Enkelin vor sich her, ernst und feierlich. Sie schaut mich jeweils nur ganz kurz an und nimmt dann den Blick sofort wieder weg.

Heute Morgen war es anders. Ich weiß nicht, war es der Sonnenschein, die Wärme, die den Park füllte. Der frühlingshafte Gesang einer Amsel. Oder schlicht meine gute Laune. Jedenfalls blieb ich stehen, als ich die beiden herankommen sah. Ich lachte, ich winkte mit beiden Händen. Die Frau sah das. Sie zögerte und ging dann unbeirrt weiter.

Kurz vor mir blieb sie stehen, sie schaute mich neugierig an. Tatsächlich, ein altes, schönes Bäuerinnengesicht. Das Mädchen begann zu zappeln vor Freude. Es lachte über das ganze Gesicht. Ich merkte, dass sie schon einige Male über mich geredet und sich gefragt hatten, ob sie wohl heute dem alten Mann wieder begegnen würden.

Ich fragte, wie das Mädchen heiße. Es ging ziemlich lange, bis die Frau begriff, was ich wollte. Offensichtlich verstand sie kein Wort Deutsch. Dann sagte sie stolz: Dilara.

Guten Tag, Dilara.

Ein Gang aufs Rütli

Vor rund vierzig Jahren habe ich ein Theaterstück über Wilhelm Tell geschrieben. Um mich kundig zu machen, bin ich nach Sarnen gefahren, habe dort das Archiv betreten und gefragt, ob ich mir das Weiße Buch von Sarnen ansehen könne. »Moment«, sagte der Archivar, holte einen schweren, in helles Leder gebundenen Wälzer und legte ihn auf die Theke. »Mitnehmen dürfen Sie das Buch nicht«, sagte er, »bloß durchlesen im Lesesaal.«

Das Weiße Buch von Sarnen entstand in den Jahren von 1470 bis 1473 und wurde vom Obwaldner Landschreiber Schriber verfasst. Es berichtet zum ersten Mal von den beiden Grundmythen der Eidgenossenschaft, von Wilhelm Tell und vom Bundesschwur. Es ist das wichtigste Buch der alten Eidgenossenschaft, es hat den Grundstein für das eidgenössische Freiheitsdenken gelegt. Heute wird es wohl kaum mehr ausgeliehen. Vermutlich liegt es unter Panzerglas.

Meine Generation hat die alten Schweizer Sagen schon fast mit der Muttermilch eingeflößt bekommen. Es war die Zeit um den Zweiten Weltkrieg, es galt, mit allen Mitteln den Wehrwillen zu stärken. Deshalb wimmelte es in unseren Schulbüchern von heldenhaften Eidgenossen, die gegen fremde Richter und gegen fremde Vögte kämpften. Winkelried, Ueli Rotach und natürlich Tell. Jeder Schuss ein Treffer, hütet euch am Morgarten!

Als wir dann anfingen, Bücher zu schreiben, haben sich einige von uns gegen die propagandistische Vereinnahmung der alten Mythen zur Wehr gesetzt. Man hat versucht, die sagenhaften Gestalten zu entzaubern. Was hatte Tell zum Beispiel zur Urner Innenpolitik gesagt? Wirklich nichts? War Gessler vielleicht nicht eine Art Entwicklungshelfer, der dem Drittweltland Uri den Fortschritt bringen wollte? Und wie war das eigentlich mit dem Bürgermeister meines Heimatstädtchens Zofingen mit dem Namen Niklaus Thut, der bei Sempach heldenhaft gefallen war und auf dem Brunnensockel des Thutplatzes steht? Hatte der nicht auf der Seite der Habsburger gekämpft? Doch, hatte er.

Es hat im Verlauf der Schweizer Geschichte immer wieder Versuche gegeben, den Nationalhelden Teil aus den Schweizer Köpfen zu verbannen. Denn immerhin hatte er ein Attentat auf den Machthaber begangen. Nach dem Bauernkrieg von 1653 zum Beispiel war es streng verboten, seinen Namen auch nur auszusprechen. Es hat nichts genützt. Tell lebt noch immer in unseren Köpfen.

Denn die Confoederatio Helvetica ist ein mythologischer Staat. Die Schweizer Geschichte ist Mythologie. Ein einzig Volk von Brüdern, und neuerdings auch Schwestern! Bauernkrieg und Generalstreik werden ausgeklammert, weil sie nicht in die Mythologie passen. Ein EU-Beitritt hat vor dem Stimmvolk auf Jahre hinaus keine Chance, weil er nicht zum Rütlischwur passt. Die Mythologie bestimmt also auch die Gegenwart.

Im Weißen Buch wird nicht ausdrücklich berichtet, wo der Bundesschwur der drei Waldstätte stattgefunden hat. Es heißt: Sie haben einen Eid geschworen. Weiter hinten wird erzählt, man habe sich jeweils auf dem Rütli getroffen. Vielleicht wurde ja tatsächlich auf dem Rütli geschworen. Vielleicht auch nicht. Sondern zum Beispiel in der Treib, die von alters her eine Freistatt war.

Trotzdem, man sollte wieder einmal aufs Rütli gehen. Von der Treib aus durch den steilen Bergwald, dann hinunter zum stillen Gestade am See. Kein großes, heldenhaftes Monument, keine Autozufahrt. Man kommt zu Fuß oder per Schiff. Ein

Ort der Besinnung, der eine heimliche solidarische Kraft ausstrahlt. Auch wenn man kein rassistischer Nationalist ist.

Morgens im Café

Ich sitze im Café, esse ein Croissant und lese die Zeitung. Ich tue das jeden Morgen. Wie jeden Morgen denke ich, dass es eine wunderschöne Art ist, den Tag zu beginnen.

Dann will ich eine Zigarette rauchen. Ich tue auch das jeden Morgen. Denn draußen vor dem Café hat der Wirt einen kleinen Tisch hingestellt mit zwei Stühlen, auf dem Tisch liegt ein Aschenbecher. Kein Problem also üblicherweise. Aber heute sitzt auf dem Stuhl rechts eine junge Frau mit einem Kinderwagen. Offenbar schläft darin ihr Baby. Da sie es nicht wecken will, trinkt sie ihren Kaffee draußen.

»Es wird also nichts mit Rauchen heute«, sage ich zum Wirt.

»Warum nicht?«, fragt er.

»Weil draußen eine Mutter mit Kinderwagen am Rauchertisch sitzt.«

Er schaut hinaus, überlegt kurz und sagt: »Moment.«

Er geht hinaus. Ich sehe durchs Fenster, wie er mit der Frau redet. Sie diskutieren miteinander, dann scheinen sie sich über das weitere Vorgehen zu einigen. Der Wirt nimmt ein Papier aus der Jackentasche, reißt ein Stück davon ab, hält es hoch in die Luft und lässt es fallen. Es gleitet schaukelnd zu Boden.

Aha, denke ich, sie wollen herausfinden, aus welcher Richtung der Wind kommt. Richtig, die Frau erhebt sich, schiebt den Kinderwagen zum linken Stuhl hinüber und setzt sich dorthin. Der Wirt kommt wieder herein, sichtlich zufrieden.

»Sie ist einverstanden«, sagt er, »dass du auf dem rechten Stuhl eine rauchen kannst. Denn der Wind kommt von links.«

Natürlich ist mir inzwischen die Lust auf eine Zigarette vergangen. »Nein, danke«, sage ich, »ich will kein Baby vergiften.«

Damit ist aber nun der Wirt nicht einverstanden. Denn auch er raucht ab und zu draußen eine Zigarette.

»Lass bleiben«, sage ich und widme mich wieder der Zeitungslektüre. Ich lese von Flüchtlingen im Nahen Osten, denen es an allem fehlt. Wie schön haben wir es doch in unserer Stadt, denke ich, in der der Rauch einer Zigarette bereits zur Bedrohung wird.

Umberto Arlati

Damals saß in der letzten Klasse der Bezirksschule Zofingen ein aufgeschossener Kerl
mit Vornamen Jakob. Er saß in der hintersten
Bankreihe, redete wenig und hatte so gute Noten,
dass er eigentlich nach der Bezirksschule ins kan-
tonale Gymnasium Aarau hätte gehen sollen. Aber
er fing eine Banklehre an. Er wohnte in Strengelbach drüben am Weissberg, im zweiten Stock
eines alten Bauernhauses. Sein Vater war frühzeitig pensioniert worden und saß, wenn ich zu Besuch kam, stets in einem Lehnstuhl in der niederen
Stube. Die Mutter rüstete am Stubentisch Gemüse.
Jakob hockte auf der Ofenbank, neben sich einen
Plattenspieler, und hörte Musik von Charlie Parker
und Chet Baker. So wurde ich in den modernen
Jazz eingeführt.

Es gab damals nur klassische Musik, deutsche
Schlager und Ländler. In spärlicher Dosierung, die
Dauerbeschallung hatte noch nicht eingesetzt. Man
hörte *Radio Beromünster*. Jazz kam nicht vor, Jazz

war auf *Beromünster* im Zuge der geistigen Landesverteidigung als artfremde »Negermusik« verboten worden. Folglich war Jazz auch bei uns zu Hause verboten. Alles, was swingte und mir gefiel, war untersagt.

Und dann diese Töne auf Jakobs Ofenbank. Sie sind mir sogleich ins Blut gefahren. Ich wusste sofort: Diese Musik ist für mich bestimmt. Diese Musik gibt mir Kraft und Hoffnung. Diese Musik gebe ich nicht mehr her.

Ich habe bei der Migros einen billigen Grammophon und ein paar Platten gekauft. Charlie Parker mit Gillespie und Miles Davis. Clifford Brown und Sonny Rollins. Eine kulturelle Glanztat der Migros. Damit habe ich mich in eine Mansarde verzogen und jede Nacht eine Stunde lang Musik gehört. Diese Musik hat mich am Leben erhalten. Das klingt pathetisch, ich weiß. Aber es war so. Und ich weiß, dass es einigen meiner Freunde genauso gegangen ist.

Es war eine Revolution. Nicht modisch und massentauglich wie 1968. Sondern heimlich, auf leisen Sohlen. Wir waren nur wenige, die diese Musik hörten. Dixieland haben wir genauso verachtet wie Elvis und Rock 'n' Roll.

An einem Sonntagmorgen hat mich Jakob mitgenommen an eine Matinee im Foyer des Hotels

Terminus in Olten. Damals, Mitte der fünfziger Jahre, war Olten die Hauptstadt des Schweizer Jazz. Es spielten Umberto Arlati (Trompete) und Willy Kuhn (Posaune), sie wohnten beide in Olten. Die anderen Namen weiß ich nicht mehr. Saxophon, Klavier, Schlagzeug. Sie spielten Cool Jazz, eiskalt, mit heimlich loderndem Feuer. Im Foyer knapp zwanzig Zuhörerinnen und Zuhörer, stehend. Die Mädchen mit Simpelfransen, die Burschen in Röhrchenhosen. Eintritt gratis.

Es war unglaublich. Wovon ich in meiner Mansarde nächtens geträumt hatte, stand nun zum Greifen nahe vor mir. Ein leibhaftiges Hornen, Klimpern und Trommeln. Das hieß, dass alles möglich war. Auch das, was ich selber tun wollte.

Am meisten beeindruckt war ich von Umberto Arlati. Er blies ähnlich kühl in die Trompete wie Chet Baker, wippte nie im Takt, scheinbar kalt bis ans Herz hinan. Er war von Beruf Plattenleger. Man erzählte sich, dass er manchmal nach Feierabend mit der Bahn nach Deutschland fahre, um vor den Amis aufzuspielen. Dass er danach mit dem Frühzug zurückreise, um zur Arbeit zu gehen. Er sei der beste Trompeter Europas. Jedenfalls hat er am Zürcher Jazzfestival mehrmals den ersten Preis geholt.

Mein Kollege Jakob ist dann Arlatis Schüler geworden. Tatsächlich hatte er bei meinen Besuchen eine Trompete auf der Ofenbank liegen. Er hat es aber nicht geschafft. Später habe ich gehört, er sei tablettensüchtig geworden.

Der Größte jener Zeit, Charlie Parker, ist mit 35 Jahren im New Yorker Hotelzimmer einer Baronesse de Rothschild gestorben. Chet Baker hat sich, Jahre später, aus einem Hotelzimmer gestürzt. Umberto Arlati ist 1967 Lehrer an der Berner Swiss Jazz School geworden. 2009 erhielt er den Solothurner Kunstpreis. Vor einigen Tagen ist er mit 84 Jahren gestorben.

Von der Betroffenheit

Vor Jahren kursierte in der Schweiz ein grässlicher Witz. Es war wohl zur Zeit des Abstimmungskampfes über eine Überfremdungsinitiative. Der Witz geht so: Flüchtlinge, die in die Schweiz kommen wollen, müssen zuerst einmal eine Bergsteigerprüfung machen, indem sie die Eigernordwand hochsteigen. Wer hinunterfällt, darf bleiben.

Vielleicht macht man sich heute wegen des Antirassismusgesetzes strafbar, wenn man diesen Witz erzählt. Trotzdem tue ich es. Man wird gleich verstehen, warum.

Ich verkehre gern in einem Café, das von Frauen mit vorbildlicher Gesinnung frequentiert wird. Sie wollen Gutes tun, wollen den armen Flüchtlingen helfen und möglichst viele in die Schweiz holen, ob weiß, gelb oder schwarz. Denn vor Gott sind wir alle gleich, und wir sind auf der Welt, um einander beizustehen.

Vor einiger Zeit wollte Basel ein Heim für Flüchtlinge einrichten, ein paar Gehminuten von diesem Café entfernt. Vorgesehen war ein Heim für 140 Schwarzafrikaner. Als ich eines Morgens das Café betrat, hat mir eine der Frauen einen Unterschriftenbogen hingehalten, eine Petition gegen dieses Flüchtlingsheim. Ob ich auch unterschreibe? Nein, habe ich gesagt, wenn man diese armen Leute hereinlasse, müsse man sie auch irgendwo unterbringen. Ja, aber nicht hier, vor unserer Haustür, sagte die Frau. Wo denn?, fragte ich, man dürfe sie doch nicht einfach im hintersten Krachen verstecken. Man müsse sie aufnehmen in unserer Gesellschaft und mit ihnen zusammenleben. Aber man müsse auch an die jungen Mädchen denken, sagte die Frau.

Dieses Flüchtlingsheim ist durch Einsprachen verhindert worden.

Wenn ich etwas satthabe, dann ist es diese weit verbreitete Betroffenheitsrhetorik. Alle sind tief betroffen vom Elend der Frauen und Kinder in Syrien und im Irak. Alle geben sich tief bewegt vom Schicksal der Afrikaner, die im Mittelmeer auf überfüllten Schrottschiffen ertrinken. Alle fordern sofortige Remedur. Aber wie diese Remedur aussehen soll, kann niemand sagen. Es gibt verschiedene Vorschläge. Sichere Auffanglager in Libyen zum Beispiel. Ankurbelung der Wirtschaft in den entsprechenden Ländern. Bessere Preise für Rohstoffe und Produkte dieser Länder. Und natürlich Entmachtung der korrupten, unmenschlichen Machthaber. Aber wie man das alles umsetzt, weiß niemand.

Die Meldungen, die ich beim gemütlichen Morgenkaffee lese, sind tatsächlich schier unerträglich. Im Grunde sind sie nicht zu ertragen, wenn man sie ernst nimmt. Und ernst nehmen muss man sie wohl. Es bleibt, sie zu verdrängen. Aus den Augen, aus dem Sinn, ich bin nicht schuld daran. Oder es bleibt die Möglichkeit, den Schrecken zu akzeptieren, ohne ihn ändern zu können. Dann bleibt ein kurzes Entsetzen, mit dem man wohl oder übel leben muss.

Was ich überhaupt nicht ertrage, sind die Floskeln, mit denen die Wirklichkeit übertüncht und verkleistert wird. Denn die Wirklichkeit, die wir alle kennen, ist die: Niemand will diese Flüchtlinge aufnehmen, jedenfalls nicht vor der eigenen Haustür. Niemand will die Millionen verlauster und halb verhungerter Menschen, die in Nordafrika auf eine Überfahrt nach Europa warten, bei sich haben. Auch die christliche Kirche nicht.

Ich habe vor einiger Zeit gelesen, dass Papst Franziskus, der Vorsteher einer Kirche für die Armen sein will, seine päpstlichen Gemächer aufgegeben habe und in eine Dreizimmerwohnung umgezogen sei. Ich habe nie etwas davon gehört, dass in den päpstlichen Gemächern jetzt syrische Flüchtlinge wohnen.

Es wäre schon viel gewonnen, wenn wir uns wenigstens zur Wahrheit bekennen und sie benennen würden. Und diese Wahrheit ähnelt doch sehr dem scheußlichen Witz der Bergsteigerprüfung. Wer sich auf einem morschen Boot in Lebensgefahr begibt und dabei fast ertrinkt, wird, wenn er Glück hat, gerettet und darf bleiben. Wer Pech hat, ertrinkt. Ein unmenschlicher Witz auch dies. Nur leider grässliche Realität.

Kein Parkplatz nach Mitternacht

Ein Schriftsteller, der seine Bücher verkaufen will, muss etwas dafür tun. Er muss Werbung für seine Ware machen. Das tut er, indem er zum Beispiel eine Kolumne für die Zeitung schreibt, die in der Stadt erscheint, in der er lebt.

Oder er macht Lesungen. Die Lesungen macht er im Prinzip überall dort, wo man ihn einlädt. Er fährt also hin, liest aus seinem neuen Buch vor und versucht, einen möglichst guten Eindruck zu machen. Dann signiert er einige Bücher, isst einen Happen, trinkt ein Glas Wein und plaudert ein bisschen mit den Damen, die ihn eingeladen haben. Dann fährt er zurück.

Lesungen finden meist um 20 Uhr statt. Sie dauern eine Stunde. Anschließend Plauderei. Dann Rückfahrt.

Ich fahre jeweils mit meinem Auto hin. Einfach deshalb, weil es so am bequemsten ist und am schnellsten geht. Die Hinfahrt ist meist stressig, weil ich in den Feierabendverkehr gerate. Richtig schlimm wird es, wenn ich in die Gegend von Winterthur fahre. Dann stehe ich auf dem Zürcher Nordring im Stau. In Sachen Stau ist ja Zürich tatsächlich eine Großstadt. Nirgendwo in der ganzen Schweiz wird so aggressiv gefahren wie hier.

Die Heimfahrt durch die Nacht genieße ich meistens. Um 23 Uhr sind die Autobahnen leer. Die Scheinwerfer leuchten genau jenen Teil der Fahrbahn aus, den ich zum sicheren Fahren einsehen muss. Es gibt kein Gedränge, niemand zeigt mir den Vogel.

Ich rolle also unbehelligt durch die Nacht. Ein an sich sinnloser Vorgang, obschon er meine volle Konzentration erfordert. Wie alle sinnlosen Vorgänge, die volle Konzentration erfordern, befreit er die Gedanken.

Es kommt mir dies und das in den Sinn. Manchmal singe ich ein altes schönes Lied, zum Beispiel: »Ich bin vom Gotthard der letzte Postillion, ich bin vom Gotthard der Postillion«. Oft kreisen meine Gedanken auch um die Geschichte, die ich gerade in Arbeit habe. Es kommen mir Lösungen in den Sinn, die mir am Schreibtisch nie einfallen würden.

Nach Mitternacht sehe ich links der Autobahn das hell leuchtende St.-Jakobs-Stadion auftauchen. Ich fädle in die richtige Spur ein, rolle durch die leeren Straßen Basels und stehe vor dem Haus, in dem ich wohne. Hier suche ich einen Parkplatz. Da ich weiß, dass das schwierig ist, habe ich einen kurzen Kleinwagen gekauft, der im Prinzip selbst in die kleinste Parklücke passt.

Ich kurve langsam durch das Quartier und halte Ausschau nach einer Parklücke. Meist ist keine da, und es besteht keine Hoffnung, dass sich demnächst eine auftun wird. Die Leute liegen alle in ihren Betten und schlafen.

Da ich das Auto ja irgendwo abstellen muss, parkiere ich es an einer Stelle, wo das Parkieren eigentlich verboten ist. Manchmal kostet das 40 Franken Busse, was ich ganz in Ordnung finde. Manchmal kostet es aber auch 120 Franken Busse. Dann ärgere ich mich am nächsten Morgen.

Paris, mon amour

Eines der bekanntesten Fotos von Max Frisch zeigt ihn in New York, wie er sich lässig anlehnt (an einen Laternenpfahl, glaube ich) und das Treiben in der wilden, vitalen Großstadt beobachtet. Das hieß, Max Frisch hatte es geschafft. Er war der Enge der Schweiz und Europas entkommen. Er war weit über den Atlantik geflogen und in der Hauptstadt der Neuen Welt angekommen. Dieses Bild wurde stilbildend für die Generation nach Frisch. Sie alle sind ebenfalls hinübergeflogen und auf Frischs Spuren gewandelt. Jürg Federspiel hat dieser New-York-Begeisterung mit *Museum des Hasses* ein Denkmal gesetzt.

Ich habe mich stets gewundert darüber. Für mich war die Stadt meiner Sehnsucht von Anfang an Paris. Das hat früh angefangen mit den Erzählungen meiner Mutter, die in Paris Au-pair-Mädchen gewesen war. Das hat sich fortgesetzt mit dem Kinderbuch *Globi in Paris*, das ich studiert habe, noch bevor ich die Verse zu den Bildern lesen konnte. Ein Klassiker noch heute, mein Enkel studiert ihn mit derselben Inbrunst wie ich damals. Später las ich Camus und hörte Brassens.

Mit 17 Jahren bin ich mit einem Freund zum ersten Mal hingefahren, per Autostopp. Wir hatten die Adresse einer Jugendherberge im Süden der Stadt, in Malakoff. Als wir um Mitternacht dort ankamen, standen wir vor einer riesigen Baugrube. Wir setzten uns auf eine Bank und warteten, was geschehen würde. Es hielt ein Auto der Pariser Polizei an, einer dieser schwarzen tiefgelagerten Citroën. Ein junger Flic stieg aus und fragte, was wir hier täten. Warten, sagten wir, es sei keine Jugendherberge mehr da. Einsteigen, sagte der Flic. Der Wagen fuhr noch ein bisschen in der Gegend herum und hielt dann vor einem Polizeiposten. Drinnen öffnete der Flic eine Zelle, gab uns Wolldecken und wünschte eine gute Nacht. Am Morgen bekam jeder eine Tasse Kaffee und ein Croissant. Bonne chance!, sagte der Flic, und wir zogen weiter. Seitdem liebe ich diese Stadt.

Mit 22 Jahren bin ich für ein halbes Jahr hingefahren. Ich staune noch heute, wie zielsicher ich war. Schon am zweiten Abend hatte ich, was ich wollte. Eine Mansarde am Carrefour de Buci, mitten im Quartier Latin. Man konnte wegen der Dachschräge kaum aufrecht stehen darin. Bei schlechtem Wetter hat es hereingeregnet. Aber ich habe über die Dächer ein Stück der Église Saint-Germain gesehen.

Unten auf dem Platz stand stets ein Mann mit einem alten Waschkessel, den er eingefeuert hat. Darin hatte er Kartoffeln, die billig zu haben waren. Auf der Schulter des Mannes saß, an einer Kette festgebunden, ein kleiner Affe. Ich habe von diesen Kartoffeln gelebt. Ab und an eine Baguette mit einem Camembert, zum Frühstück ein Liter Milch. Ich bin viel gewandert durch die Gassen, kreuz und quer durch die Stadt. Mit einem Buch in der Jackentasche. Wo es mir gefiel, habe ich mich in ein Bistro gesetzt und gelesen. Poesie. Rimbaud, Verlaine, Apollinaire. Ich fürchte, ich habe nicht viel verstanden davon. Rimbaud zum Beispiel ist ja wirklich schwierig. Aber etwas habe ich begriffen. Es gab eine andere, neue Welt. Die Welt der Wörter, der Sprache. Und ich habe zum ersten Mal ernsthaft zu schreiben versucht.

Kürzlich habe ich zwei Erinnerungsbücher zweier Kollegen meiner Generation gelesen. *Reise an den Rand des Universums* von Urs Widmer und *Die Gärten der Medusa* von Dieter Bachmann. Beide Autoren denken über ihre Erinnerungen nach. Urs Widmer in zeitlicher Reihenfolge. Dieter Bachmann, indem er ein Gespinst aus Sprache über sein Leben legt, worin jederzeit jede Erinnerung auftauchen kann.

Beide schreiben sehr genau über ein entscheidendes Ereignis in ihrem jungen Leben. Über einen längeren Aufenthalt in Paris. Diese Zeit muss für sie ebenso bestimmend gewesen sein wie für mich. Vielleicht waren wir sogar zur selben Zeit dort, und wir sind uns über den Weg gelaufen, ohne uns zu kennen. Junge Schweizer Milchgesichter, vom Rhythmus der wunderbaren Stadt berauscht.

Danke, lieber Leser

Üblicherweise schreibt man einen Roman los-gelöst von der Umgebung, in der man sich gerade befindet. In totaler Konzentration auf die Geschichte, die man erzählen will. Diese Konzentration macht einsam, auch in einer Wirtschaft oder in der Eisenbahn. Man gibt sich ganz der Geschichte hin, der Sprache, den Wörtern, die man wählt. In der Wahl der Wörter ist man frei, wie sonst nirgends. Man wird frei, indem man sich die Freiheit nimmt, genau die Wörter hinzuschreiben, die man hinschreiben will.

Gleichzeitig nimmt man teil. Man nimmt teil an der Sprache, die unser Instrument zum Herstellen von Gedanken und Geschichten darstellt. Und die gleichzeitig unser Transportmittel für Gedanken und Geschichten ist. Man nimmt daran teil, auch wenn der Satz, den man hinschreibt, von niemandem gelesen wird. Nur schon, indem man ihn hinschreibt, stellt man ihn ins System der Sprache.

So viel zur Theorie des Schreibens. Es folgt eine kurze Theorie der Rezeption des Geschriebenen.

Es ist sehr schwierig, einen Verlag zu finden, der das, was man hingeschrieben hat, druckt. Auf den Pulten der Lektoren türmen sich die ungelesenen Manuskripte. Mir hat einmal ein Verlag folgende Antwort gegeben: »Es tut uns leid, dass wir nicht einmal in der Lage sind, selbst die Manuskripte zu lesen, die eventuell für unseren Verlag in Frage kommen.«

Manchmal hat man Glück. Der Roman erscheint, in den Zeitungen stehen ein paar Kritiken lobender oder verreißender Art. Und wenn man ein Riesenglück hat, verkauft man ein paar Tausend davon.

Nur, die Einsamkeit, in der man geschrieben hat, wird dadurch nicht aufgehoben. Denn man schreibt nicht nur einsam, man liest auch einsam.

Für einen Theaterautor ist das anders. Da wird der Autor gleich nach der Uraufführung gefeiert oder niedergebuht. Das ist die wunderbar handfeste Eigenart des Theaters. Einen Roman hingegen schreibt man ins Leere hinein.

Genug der Theorie, gehen wir in die Praxis. Kürzlich entnahm ich dem Briefkasten eines meiner Bücher, das jemand hineingeschoben hatte. Ohne Umschlag. Dafür mit einem Kleber versehen, auf dem jemand von Hand hingeschrieben hatte: »Ein beschämendes Geschreibsel!«

Erst musste ich lachen. Dann habe ich mir folgende Gedanken gemacht: Dieses Buch war nicht ins Leere geschrieben. Es hat einen tätigen Leser gefunden. Erst hat er es gekauft. Dann gelesen und sich dabei böse genervt. Er hat es aber nicht an die Wand geschmissen und im Mülleimer entsorgt. Sondern er hat einen Kleber mit seinem Befund darauf geklebt, hat die Adresse des Autors herausgefunden, ist extra hingegangen und hat es in den Briefkasten geschoben. Eine eindeutige, tätige Auseinandersetzung. Danke, lieber Leser. Weiter so.

Wir sollten den Autoren ihre schlechten Bücher um die Ohren hauen. Den Bäckern ihr schlechtes Brot. Den Metzgern ihre miesen Würste. Den Verlegern ihre miserablen Zeitungen. Und ab und zu sollten wir vielleicht einen Fernseher durchs Fenster hinausschmeißen.

Meine Basler Kollegen

Wir waren unser fünf. Bachmann, Fringeli, Mangold, Schmidli, Schneider. Wir waren jung und entschlossen, Schriftsteller zu werden, Erfolg zu haben und die Welt zu verändern. Eine lose Gruppe, wir trafen uns hin und wieder, hechelten Kollegen durch und stritten. Obschon wir sehr verschieden waren, hingen wir aneinander.

Inzwischen sind meine Kollegen gestorben, in relativ jungen Jahren. Ich sitze allein am Tisch.

Die Bücher gibt es noch, antiquarisch oder im normalen Buchhandel. Der Basler Lenos Verlag hält zum Beispiel das Werk von Guido Bachmann lieferbar, von Werner Schmidli den Schlüsselroman *Meinetwegen soll es doch schneien*. Aber in den Buchhandlungen findet man meine vier Basler Kollegen kaum mehr. Ein Buch altert schneller als ein Laib Brot.

Zwei von ihnen starben als Bettler. Einer bekam von einer Gönnerin eine Apanage, einer hatte eine Pension.

Ich selber hatte das Glück, Theaterstücke zu schreiben, die nachgespielt wurden. Und das Glück, Kommissär Hunkeler zu begegnen.

Wir hatten eine gute Zeit damals, eine herrliche Zeit. Es gab zwei große Zeitungen in Basel, jede mit einem Morgen- und einem Abendblatt. Daneben noch das *Volksblatt*, die *Arbeiter-Zeitung* und die *Basellandschaftliche*. Vor allem Hansruedi Linder von der *National-Zeitung* hat uns sehr geholfen. Er hat uns gepflegt und literarische Öffentlichkeit hergestellt.

In jeder größeren Stadt erschienen mehrere Zeitungen. Für alle war Literatur ein Thema. Die Leute kauften in den Buchhandlungen Bücher und lasen sie. Das Radio produzierte Hörspiele, das Fernsehen Fernsehspiele.

Manchmal hagelte es böse Verrisse. Man hat sich ein dickes Fell zugelegt und weitergemacht. Heute getraut sich ein Kritiker kaum mehr, einen richtig saftigen Verriss zu publizieren. Denn er weiß, dass er möglicherweise der Einzige ist, der ein Buch bespricht. Und zerstören will er niemanden.

Damals wurden neue Verlage gegründet. Die ersten in Bern, Kandelaber und Lukianos. Dann Union und Limmat (Zürich), Zytglogge (Bern), Lenos (Basel). Es gab die Gruppe Olten, eine Abspaltung des alten Schriftstellervereins. Diese

Gruppe wurde ernst genommen, auch von der Politik. Im alten Stadttheater vibrierte das neue Theater Düggelins, das Restaurant Kunsthalle bebte am Abend, die Rio Bar drohte zu explodieren. Wenn ich hinging, traf ich bestimmt ein paar Kollegen.

Man war damals tatsächlich der Meinung, die Literatur könne die Welt verbessern. Autorinnen und Autoren engagierten sich für politische Probleme, gaben sich betont links und meldeten sich zu Wort. Gesellschaftskritik war erste Pflicht, Unterhaltung galt als seicht.

Damals, damals, damals, ein altes Lamento, ich weiß. Aber ich bin der Meinung, dass meine Behauptung stimmt: Literatur spielt fast keine Rolle mehr.

Heute ist ein Buch nicht mehr viel wert. Ein Band, der vor zwanzig Jahren 38 Franken gekostet hat, kostet jetzt noch 23 Franken. Folglich sind die Umsätze eingebrochen. Selbst große, reiche Verlage haben Mühe, ihr Programm durchzuhalten. Mit Recht wird diskutiert, ob Verlage vom Staat subventioniert werden sollen.

Ich frage mich, was diese aberwitzigen Anstrengungen, gute Bücher zu schreiben, eigentlich bringen. Dem Autor bringen sie schon etwas, denn es ist eine Lust, zu schreiben, leeres Papier mit Wörtern zu füllen. Aber sonst? Ist Literatur tatsächlich noch wichtig für eine Gemeinschaft, so wie es im antiken Griechenland die alten Mythen waren? Offenbar ist die Politik immer noch dieser Meinung. In Basel werden ein Literaturhaus subventioniert und ein Literaturfestival, in Biel eine Schreibschule, in der man das Herstellen von Literatur lernen kann. Literatur wird gefördert wie noch nie, was ich richtig und notwendig finde. Aber sie wird gefördert wie eine aussterbende Tierart. Das Biotop fehlt.

Hans Küng

Als Bub habe ich leidenschaftlich gerne gefischt, und zwar im Sempachersee. Da wir wussten, dass die Fische in der Morgendämmerung am besten beißen, sind wir jeweils schon morgens um vier von unserem Heimatstädtchen Zofingen losgefahren, mit dem Velo Richtung Süden. Erst über die Kantonsgrenze ins Luzernbiet, durch Reiden und Dagmersellen. Dann den Stutz hinauf bis über St. Erhard, wo wir den See im Morgenschimmer liegen sahen. Durchs Städtchen Sursee, das mir sehr katholisch vorkam. Wobei ich nicht genau hätte sagen können, warum. Es war irgendwie anders als bei uns, das alte Rathaus, die Kreuze auf den Kirchtürmen. Eine Viertelstunde später warfen wir vom Steg eines Fischerhauses den Köder in den See, gespannt auf das erste Zucken des Schwimmers.

In Sursees Hauptgasse stand auch das Gebäude des Schuhhauses Küng. Hier wurde 1928 der große Theologe Hans Küng geboren, der fast im Alleingang die erzkonservative römische Kurie in ihren

Grundfesten erschüttert hat. Sie hätten ihn wohl am liebten verbrannt in Rom, so wie sie es vor vierhundert Jahren mit Giordano Bruno gemacht haben. Aber sie dürfen heutzutage halt nicht mehr.

Ich habe mich lange nicht für die katholische Kirche interessiert. Einfach deshalb, weil ich protestantisch erzogen wurde. Es gab Ausnahmegestalten wie Franz von Assisi und Bruder Klaus, über die ich mich genau informiert habe. Eigenständige Figuren, im Volk sehr beliebt und deshalb heiliggesprochen, vom Papsttum indessen eher toleriert als gern gesehen. Von den großen Kirchenmännern wie Augustinus und Thomas von Aquin habe ich so gut wie nichts vernommen, auch während meines Geschichtsstudiums in Basel nicht. Denn Basel hat eine protestantische Uni.

Von Hans Küng habe ich gehört, dass er die Unfehlbarkeit des Papstes in Zweifel zog und dass ihm 1979 die kirchliche Lehrbefugnis abgesprochen wurde. Dass er zwar weiterhin an der Uni Tübingen lehre, aber eben nicht mehr im Namen der Kirche. Da es mir egal war, ob der Papst unfehlbar war oder nicht, war es mir auch egal, ob Küng jetzt im Namen der Kirche lehrte oder nicht.

Jetzt habe ich seine drei Bände *Erinnerungen* gelesen, deren ersten Band er mit 74 Jahren veröffentlicht hat. Zweitausend Seiten Autobiographie von brillanter Intelligenz und großer Redlichkeit, hervorragend geschrieben in allgemein verständlicher Sprache, die fast ohne Fremdwörter auskommt, als hätte dem Verfasser der geniale Sprachschöpfer Martin Luther die Feder geführt.

Er beginnt mit seiner Kindheit in Sursee, berichtet ausführlich vom herrlichen Schwimmen im Sempachersee, erzählt vom Seehaus, das er später unweit der Stelle, wo wir gefischt haben, erbauen ließ. Er schreibt über die Grundsteine einer karolingischen Kirche, die dort im Ried freigelegt wurden. Auch ich habe diese Steine bestaunt und mich gefragt, was denn das für eine Kirche war.

Hans Küng ist nach der Matur ans Collegium Germanicum in Rom gegangen und Priester geworden. Er ist bis heute Teil der katholischen Geistlichkeit geblieben, obschon er ein Leben lang gegen seiner Meinung nach willkürlich gesetzte Dogmen anschrieb. Diese Teilhabe muss ihm eine fast unerschöpfliche Kraft und Sicherheit gegeben haben. So linear und konsequent kann nur leben, wer seines Weges von Anfang an sicher ist. So intensiv und genau arbeiten kann nur einer, der seine Zeit aufs Äußerste ausnützt. Er ist ja nicht nur Autor. Er war auch Professor, er ist Vortragsreisender. Er hält Vorträge auf der ganzen Welt über die Öffnung der katholischen Kirche hin zur Ökumene.

Das Großartige an Küngs Erinnerungen ist, dass da ein Katholik über sein Leben und Kämpfen innerhalb der katholischen Kirche so spannend erzählt, dass ein ungläubig entlaufener Protestant, wie ich einer bin, diese zweitausend Seiten mit größtem Interesse bis zum Ende durchliest. Und dabei sehr viel erfährt nicht nur über innerkatholische Auseinandersetzungen, sondern auch über die lebendige Kraft des christlichen Glaubens.

Guido Bachmann

Ich lebte damals, es war der Sommer 1967, in einem Bauernhaus im Berner Jura. Ich wurde regelmäßig besucht von meiner Freundin, die später meine Ehefrau wurde. Sonst begegnete ich keinem Lebewesen, außer den Schafen, die vor dem Haus weideten. Ich besaß ein Motorrad der Marke Condor Puch. Damit fuhr ich hin und wieder nach Basel zur *National-Zeitung*, um mir bei Hansruedi Linder vom Feuilleton Bücher zum Besprechen zu holen. Ich lebte von diesen Besprechungen.

Eines Tages kamen einige Leute aus Bern zu Besuch, worunter sich ein seltsamer Vogel befand. Ein junger Glatzkopf, gewandet in Zweireiher mit Gilet, über den rahmengenähten Schuhen Gamaschen. So stapfte er mit unbewegter Miene durch die Wildnis. Wir verstanden uns auf Anhieb gut. Und da es im Haus leere Zimmer genug gab, blieb er, als die Gesellschaft wegfuhr.

Er hieß Guido Bachmann. Ein Berner mit Jahrgang 1940, Schriftsteller, er hatte ein Jahr zuvor den Roman *Gilgamesch* veröffentlicht, bei Limes in Wiesbaden. Ich hatte diesen Roman gelesen und dabei ein paarmal leer geschluckt. Denn er enthielt homoerotische Liebesszenen in einer Drastik, wie ich sie noch nie gelesen hatte. Guido Bachmann hatte am Burgdorfer Gymnasium daraus vorgelesen, was zum Skandal geführt hatte. Was ich nicht wusste, war, dass Bachmann infolge dieses Skandals seine Stelle bei einem Hilfswerk in Bern, die er vor kurzem angetreten hatte, verloren hatte.

Er blieb eine Zeitlang bei mir, er hat gearbeitet wie ein Berserker. Morgens um sieben hörte ich oben in seinem Zimmer die Schreibmaschine rattern. Sie ratterte praktisch ununterbrochen bis abends 20 Uhr. Dann kam er herunter zum Abendessen, trank ein paar Schnäpse und ging schlafen. Frühmorgens hörte ich ihn in der Badewanne, die den Schafen als Tränke diente, herumplanschen. Eine halbe Stunde später begann oben wieder das Rattern.

Es war eine der vielen Fassungen der *Parabel*, an der er arbeitete. Er hat mir haarklein seinen literarischen Plan geschildert. Er plante eine Romantrilogie, *Gilgamesch*, *Die Parabel*, *Echnaton*, zusammengefasst unter dem Titel *Zeit und Ewigkeit*. Das war in seinem Kopf schon alles durchkomponiert bis ins Detail. Ich habe gebannt zugehört und gestaunt, denn solch formales Schreiben war mir fremd. Ich habe ihn in Bern besucht. Er hatte eine Wohnung an der Junkerngasse gemietet, mit Blick auf Aare und Alpen. Ein Flügel mit Intarsien stand da, an den Wänden maßgeschneiderte Regale mit Erstausgaben seiner Lieblingsautoren. Er hat sich diese sündhaft teure Einrichtung angeschafft, als er die Stelle beim Hilfswerk antrat. Er hat alles genau ausgerechnet und hätte pünktlich abzahlen können, er verdiente gut. Er hatte vor, sich neben seiner Büroarbeit ganz dem Schreiben zu widmen. Es hätte wohl geklappt, wenn ihm nicht gekündigt worden wäre.

Selbstverständlich hätte er nach der Kündigung die Wohnung sofort aufgeben müssen. Aber das ließ sein Stolz nicht zu. Er war tödlich verletzt.

Er hat verschiedene Stellen angetreten, um seinen finanziellen Verpflichtungen nachkommen zu können. Er ist ein paarmal mit einer Beretta in Basel aufgetaucht, er hat gedroht, sich umzubringen. Dieter Fringeli, der Feuilletonredaktor war, hat ihm jeweils ein bisschen Geld verschafft.

Er hat gekämpft, er hat seine Wohnung verteidigt, mit Erfolg. Bis er jemanden fand, der ihn ausgelöst hat. Er ist dann nach Basel gekommen, wo er zur stadtbekannten Autorengestalt wurde. Oft und gern hat er den Bürgerschreck gespielt. Derweilen hat er weitergeschrieben, er hat sein Werk vollendet. 2003 ist er in St. Gallen gestorben. Seine Asche wurde in Bern in die Aare gestreut.

Es gibt viele seltsame Vögel in der Literatur. Guido Bachmann war einer der eigenartigsten. Genauso eigenartig und konsequent wie sein Werk. Es ist lieferbar im Basler Lenos Verlag. Die grandiose Trilogie *Zeit und Ewigkeit* gibt es in einer Dünndruckausgabe von 1581 Seiten.

Selfies

Ich habe in der Zeitung gelesen, dass eine junge Frau eine Sommerrodelbahn hinunterfuhr, in einer Kurve hinausgeschleudert wurde und zu Tode kam. Sie wurde hinausgeschleudert, weil sie ein Selfie von sich machen wollte und deswegen die Sicherung löste.

Einmal abgesehen von diesem Unglück: Das heißt doch wohl, dass das Fahren mit der Rodelbahn an sich keinen Wert für die junge Frau hatte. Dieses Fahren wurde erst wirklich, wenn es als Selfie auf dem Bildschirm bezeugt wurde. Dafür hat sich die junge Frau in Lebensgefahr begeben. Denn dieses Leben, das Fahren mit der Rodelbahn, wurde erst richtig gelebt, wenn es vom Bildschirm zur Wirklichkeit gemacht wurde. Auch wenn dies in den Tod führte.

Ich frage mich, woher diese Sucht kommt, sich selber auf dem Bildschirm zu präsentieren. Die Antwort ist einfach: Nur was auf dem Bildschirm erscheint, ist wirklich. Alles andere ist unwirklich geworden. Wenn ich also auf einer Rodelbahn hinunterschlittle, ist das völlig belanglos, weil unreal. Erst wenn ich auf dem Bildschirm hinunterschlittle, schlittle ich wirklich hinunter. Real ist nur noch, was in der Verwirklichungsmaschine Internet erscheint.

Vor einigen Wochen habe ich von einem Amt die Aufforderung erhalten, mein Auto an einem bestimmten Tag vorzuführen. Da mir der Termin nicht passte, rief ich an. Es meldete sich ein netter Herr. Er erklärte mir, dass eine Verschiebung des Termins per Telefongespräch nicht möglich sei, das müsse über Internet geschehen. Ich sagte, dass ich keinen Zugang zum Internet hätte und dass wir doch jetzt, da wir ein Gespräch führten, die Verschiebung des Termins vornehmen könnten. Das gehe nicht, meinte er, ich hätte doch sicher einen Bekannten mit Zugang zum Internet. Nein, behauptete ich, ich hätte keinen solchen Bekannten. So diskutierten wir eine gute Viertelstunde herum, eine freundliche, spannende Begegnung. Bis der Mann sagte: Also gut, wann hätten Sie denn Zeit?

Unsere Gesellschaft ist in zwei Gruppen aufgeteilt. In Internetnutzer und in solche, die das Internet nicht nutzen. Diejenigen, die das Internet nicht nutzen, werden zunehmend genötigt, es gegen ihren Willen doch zu nutzen. Denn der Hunger dieser Verwirklichungsmaschine ist unersättlich. Diese gierige Maschine frisst die alte, zwischenmenschliche Wirklichkeit auf.

Ich kenne unter meinen Bekannten einige, die keinen Computer haben. Einfach deshalb, weil sie keinen brauchen. Sie schreiben von Hand, sie tippen das Geschriebene in eine alte Hermes. Weil sie es so gelernt haben und keinen Grund sehen, an dieser Produktionsweise etwas zu ändern.

Ich selber schreibe in karierte Hefte. Ich denke, der direkteste Weg vom Kopf auf das Papier geht über die Handschrift. Jede Handschrift ist einzigartig und nur schwer zu kopieren. Deshalb müssen wir wichtige Dokumente handschriftlich unterzeichnen. Jede Handschrift ist ein Stück eigener Wirklichkeit und somit ein Stück Widerstand gegen die Gleichmachungsmaschine Internet. Auch wenn man Widerstand gar nicht beabsichtigt.

Die alten Schreibmaschinen sind Wunderwerke der Technik. Sie wurden so robust konstruiert, dass sie über zwei, drei Generationen halten. Sie brauchen keine Elektrizität, sie werden mit Muskelkraft betrieben. Sie halten den Schreiber fit und fröhlich, denn sie klingeln am Ende jeder Zeile.

Wir sollten uns von der Elektronik nicht völlig zumüllen lassen. Die Wirklichkeit findet nicht auf dem Bildschirm statt. Ein Blick in ein lebendiges Augenpaar ist allemal erfrischender.

Irgendeinmal, so stelle ich mir vor, muss eine Gegenbewegung einsetzen. Irgendeinmal müssen die Jungen die Nase voll haben und ihre Handys und Tablets wegwerfen. Oder täusche ich mich? Meine karierten Hefte kaufe ich übrigens in einer wunderschönen Papeterie an der Metzerstraße. Die Farbbänder für die Schreibmaschine erstehe ich bei einem Herrn Holderegger Werner.

Grammophon und der erste Fön

Ich zähle hier kurz auf, was sich in den letzten 77 Jahren im normalen Alltag so alles verändert hat.

Heizung. Wir wohnten in einem Einfamilienhaus mit Zentralheizung. Im Keller stand ein riesiger Ofen, in dem wir Koks verfeuerten und während des Krieges Torf aus dem Wauwilermoos. Den Torf haben wir erst auf den Estrich getragen, um ihn zu dörren. Ölheizungen gab es keine. Eine Wohnung ohne Kamin war unvorstellbar.

Medien. Wir hatten das *Zofinger Tagblatt* und ein Radio. Über das Radio gebot der Vater. Nachrichten, *Echo der Zeit*. Dann galt Redeverbot. Wir hörten alle zu, was Heiner Gautschy aus New York berichtete.

Schuhe. Sie waren aus Leder. Die Sohlen wurden genagelt, damit sie länger hielten. Die ersten Gummisohlen habe ich in der ersten Primarschulklasse gesehen, bei Dorli. Sie hatte knallgelbe Speckgummisohlen. Wir machten Wettrennen. Sie gewann immer, weil sie wegen des Gummis besseren Halt hatte.

Waschtag. Alle zwei, drei Wochen kam eine Waschfrau und half der Mutter beim Waschen. Das begann am frühen Morgen mit dem Einfeuern des Waschofens. Kernseife, die langen Holzkellen, mit denen die siedende Brühe umgerührt wurde.

Regenschutz. Ich habe früh angefangen, in den Ferien im Wald zu arbeiten. Um sieben Uhr morgens musste man am Arbeitsplatz sein. Über Mittag eine Stunde Pause. Verpflegung aus dem Rucksack. Um halb sechs war Feierabend. Wenn es geregnet hat, war man nass bis auf die Haut. Es gab keinen wirksamen Regenschutz, Plastik war unbekannt.

Grippe. Wenn man krank war, wurde man über der Brust mit heißem Antiphlogistin zugepflastert. Das war zum Kotzen. Genützt hat es nichts.

Schläge. In der dritten Primarschulklasse gab es einen Tarif, wie viele Tatzen man für welches Vergehen erhielt. Tatzen waren Schläge mit einem Haselstock auf die Innenseite der ausgestreckten Hand. Das Zurückziehen der Hand war verboten.

Tolggen. Wir lernten das Schreiben mit der Tintenfeder. Die Tintenfässchen waren rechts in der Schulbank eingelassen. Nur rechtshändiges Schreiben war erlaubt. Tolggen waren Tintenkleckse, die ins Heft tropften. Sehr schlimm.

Bananen. Sie waren zu teuer. Wir hatten Äpfel aus eigenem Garten. Im Obstkeller standen die Hurden, darauf lagen die verschiedenen Sorten, ein herrlicher Duft. Einige hielten bis in den Frühling.

Fleisch. Fleisch kam praktisch nie auf den Tisch, auch Eier nicht. Das war alles rationiert. Das erste Hühnerbein bekam ich erst zwischen die Zähne, als ich in die Kantonsschule ging.

Kühlschrank. Niemand hatte einen. Man hat den Fisch am Freitagmorgen bei Hürzeler in der Oberstadt gekauft. Dorschfilets aus der Nordsee, in Paniermehl gebraten, wunderbar.

Schwarzafrikaner. Dieses Wort gab es nicht, so wenig wie die dazugehörigen Menschen. Hingegen stand vor der Eisenwarenhandlung in der Unterstadt ein sogenannter »Blech-Neger«, der die Augen rollte und mit den Lippen klapperte, wenn man einen Batzen in den Schlitz warf.

Autos. Der Vater von Bruno besaß einen Pontiac. Viel Chromstahl, helle Ledersitze, eine Schönheit des technischen Fortschritts. Ich durfte ein paarmal mitfahren.

Fön. Eines Tages sah ich bei einem Kollegen den ersten Fön. Ein pistolenartiges Gebilde, aus dem heiße Luft blies. Unglaublich. Ich benütze noch heute keinen Fön.

Grammophon. Bruno hatte eines. Er besaß auch

eine Schallplatte mit einem Schlager. Den Text weiß ich noch genau: »Mit dem Kuss vor der Haustür fing's an, draus ein Märchen der Liebe begann.«

Ich könnte diese Aufzählung endlos weiterführen. Es ist unglaublich, was sich innerhalb eines Menschenlebens alles verändert hat. Wobei sich die Welt schneller verändert hat als die Leute.

Der Router

Bis vor einem Jahr hatte ich ein gutes, altes Festnetztelefon. Es ruhte friedlich auf dem Schaft im Gang, es hatte alles, was es braucht: eine Wählscheibe, eine Hörergabel, einen Hörer mit dehnbarem Kabel. In der Stube hatte ich einen dazugehörenden Beantworter samt schnurlosem Handy. Das alles hat einwandfrei funktioniert.

Dann tauchten eines Tages zwei Knaben auf. Sympathische Jungs, die mir erklärten, dass das alles hoffnungslos veraltet sei und dringend der Erneuerung bedürfe. Ich wollte zuerst nicht. Aber als sie nach einer halben Stunde gingen, hatte ich einen Vertrag unterschrieben und ein neues Telefon gekauft.

Das neue Telefon liegt am alten Platz. Äußerlich ist ihm keine große Veränderung anzusehen. Außer, dass es keine Wählscheibe mehr hat, sondern Tasten. Aber was soll's, schließlich muss man mit der Zeit gehen.

Beim alten Apparat hat Zeit keine Rolle gespielt.

Ich konnte geruhsam die Nummern einwählen. Der neue Apparat aber muss eine Uhr eingebaut haben, die mir zwischen zwei Ziffern höchstens vier Sekunden zugesteht. Brauche ich länger, kommt ein Piepston, der mir anzeigt, dass der Wählvorgang unterbrochen ist. Ich muss also die Nummer gut sichtbar neben den Apparat legen, um nicht zu spät zu kommen. So klappt's. Allerdings ist es mir rätselhaft, warum die Produzenten diese knappe Frist eingebaut haben. Warum wollen sie mich hetzen? Vielleicht, so überlege ich, ist dies der Grund, warum so viele Leute ihre Telefonnummer, die sie auf meinen Beantworter sprechen, so schnell herunterrattern, dass ich sie auch bei mehrmaligem Abhören nicht verstehen kann.

Heute Morgen, als ich anrufen wollte, kam schon nach dem Abheben das Besetztzeichen. Das Telefon funktionierte nicht mehr. Eigentlich unvorstellbar, aber Tatsache. Da ich im Auto ein Handy für Notfälle liegen habe, holte ich dieses und rief die Hotline an. Ich folgte den Anweisungen einer Frauenstimme, bis sie mir erklärte, die Nummer meines kaputten Telefons gebe es gar nicht. Ich versuchte es wieder, mehrmals hintereinander. Endlich hörte ich die lebendige Stimme einer Frau. Wunderbar. Auch sie behauptete zuerst, meine Nummer gebe es nicht. Doch, sagte ich, es gibt sie seit Jahren. Aha, sagte sie dann, jetzt habe ich sie gefunden.

Anschließend versuchten wir, ein gepflegtes Gespräch zu führen. Ich verschob auf ihren Rat hin den Schaft, worauf das Telefon lag, beobachtete genau die Situation, die sich mir darbot, und sagte: Die Leitung führt zuerst in einen schwarzen Kubus mit zwei Zentimetern Seitenlänge, der auf einem größeren weißen Kubus sitzt. Was meinen Sie mit Kubus?, fragte sie. Das ist ein dreidimensionales Viereck, sagte ich. Das verstehe ich nicht, sagte sie. Ein Würfel, sagte ich. Er hat vier Arme, oder Zapfsäulen, oder weiß der Teufel was und steckt in einem Wandstecker. Wandstecker?, fragte sie. Ja, sagte ich, das ist eine Steckdose, die an der Wand festgemacht ist: Aha, sagte sie, und wo ist der Router? Was ist das?, fragte ich.

Sie drohte als Erste die Nerven zu verlieren. Worauf ich gute Stimmung machen wollte und fragte, wie sie es den ganzen Tag mit solchen Vollidioten, wie ich einer sei, aushalte. Es gibt schlimmere, sagte sie.

Dann behauptete sie, irgendwo in meiner Wohnung müsse sich ein Router befinden. Schauen Sie einmal hinter dem Fernseher nach, bat sie. Ich kroch also hinter den Fernseher und fand tatsächlich ein Ding, das ihrer Beschreibung entsprach.

Jetzt müsse ich in die Vertiefung des Routers, die bestimmt zu sehen sei, einen spitzen Gegenstand ungefähr fünfzig Sekunden lang hineindrücken, um das System zu reaktivieren. Ich sehe keine Vertiefung, sagte ich.

So haben wir uns eine Viertelstunde lang unterhalten. Bis sie sagte, sie habe den Fehler gefunden. Tatsächlich leuchtete das entsprechende Lämpchen plötzlich wieder auf.

Jetzt frage ich mich, wie privat mein Privattelefon eigentlich noch ist.

Alte, böse Gedanken

Manchmal komme ich mir alt und böse vor, grimmig wie jene Gestalten, die im Städtchen meiner Kindheit am Stock durch die Gassen schlurften und nur darauf zu warten schienen, dass wir Kinder ihnen ihren Spitznamen nachriefen. Dann musste man schnell wegrennen, denn diese Alten waren flink mit dem Stock. Trotzdem notiere ich hier drei Szenen, die ich kürzlich erlebt habe.

Erste Szene, Morgenessen in einem Restaurant. Ein Knirps sitzt in einem Kindersessel, vor sich ein Frühstücksei. Man sieht auf den ersten Blick, dass er mit dem Ei überfordert ist. Die Eltern indessen schauen begeistert zu, wie er mit dem Löffel das Ei zu bearbeiten beginnt und versucht, einen Teil davon in den Mund zu transportieren. Es misslingt, das meiste davon landet auf dem Tischtuch und auf dem Boden. Aber es macht nichts, er darf alles. Etwas später rutscht die Frau, die bedient, auf allen vieren auf dem Boden herum und macht sauber.

Ich erinnere mich an meine Kindheit, als der

Vater hin und wieder ein Ei vor sich hatte, es sorgfältig aufklopfte und mit dem Brot aufzutunken begann. Wir Kinder sperrten die Mäuler auf und bekamen alle ein Stücklein Brot mit Eigelb dran hineingeschoben. Ein Ei war eine Kostbarkeit. Ich erinnere mich an eine andere Szene, im Süden Algeriens, mitten in der Sahara. Ich kam in eine kleine Oase mit Lehmhütten. Ich wurde in ein Haus gebeten und bekam zwei Eier. Ich musste beide essen, eines nach dem anderen. Die ganze Familie schaute andächtig zu.

Ich denke: Wenn ein Ei, das von einem Huhn auf wundersame Weise produziert und behutsam gelegt wurde, nichts mehr wert ist, ist die Kultur zum Teufel gegangen.

Zweite Szene, auf einer Wirtschaftsterrasse, Spätsommer, Wespenzeit. Ein junges Ehepaar mit kleinem Sohn, sie haben Kuchen bestellt, und natürlich sind sogleich die Wespen da. Die drei scheinen sie vorerst gar nicht zu bemerken. Dann erstarrt die Frau und schreit: Achtung, die Bienen! Der Knirps wirft den Löffel weg, würgt heraus, was er im Mund hatte, und fängt an zu schreien, dass es durch Mark und Bein geht. Der Vater packt ihn, sie flüchten im Laufschritt hinein ins Haus. Und ich denke: Wie soll der Kleine die Welt kennenlernen, wenn ihm niemand den Unterschied zwischen Bienen und Wespen erklärt? Wie soll er Schwierigkeiten trotzen, wenn seine Eltern vor ein paar Wespen fliehen?

Dritte Szene, Schriftstellerlesung, zwei alte Menschen lesen aus Briefen vor, die jemand aus einem Konzentrationslager geschrieben hat. Der Saal ist voll, die Briefe sind so himmeltraurig, dass den meisten die Tränen kommen.

Da geht die Tür auf, herein kommt eine Mutter mit kleinem Sohn. Sie sieht auf den ersten Blick, dass dies eine Schriftstellerlesung ist und atemlose Stille herrscht. Logischerweise müsste sie sich zurückziehen, denn dies ist kein Anlass für ein Kind. Aber ihr Sohn darf alles. Er darf durch den Mittelgang gehen bis zum Podest vorn, er darf neugierig das vorlesende Paar beäugen, bis dieses mit Vorlesen aufhört. Niemand sagt ein Wort, alle schauen auf den Kleinen an der Hand seiner Mutter.

Jetzt wird es ihr irgendwie peinlich. Sie beschließt, sich zurückzuziehen. Alle hören zu, wie sie ihrem kleinen Sohn die Gründe für den Rückzug erklärt, dies hier sei kein Anlass für Kinder, sie würden nur stören. Sie zieht ihn an der Hand Richtung Tür. Doch er will nicht. Er sperrt sich und fängt an zu schreien. Er lässt sich zu Boden fallen und krümmt sich, als hätte er Schmerzen. Ein Zweikampf, wie ihn die beiden offensichtlich schon oft ausgefochten haben. Der Mutter steht jetzt die Angst im Gesicht, sie weiß, dass sie diesen Zweikampf verlieren wird. Noch immer sagt niemand ein Wort, man will sich nicht einmischen.

Endlich erhebt sich eine ältere, entschlossene Dame. Sie packt den Jungen am Arm, stellt ihn auf die Beine, sagt etwas zu ihm, was ich nicht verstehe, und geht mit ihm hinaus. Die Mutter folgt ihnen, sie ist den Tränen nahe.

Vom Licht der Sonne

Soeben ist hinter dem Dach des Hauses gegenüber die Sonne untergegangen. Schlagartig ist
das Licht weg, Kälte greift um sich. Die hohe Stech-
palme an der Ecke steht noch in der Helle. Ihre
Blätter funkeln wie eine Sonnenbahn, von oben
über das Meer geworfen bis hin zu mir. Ich sitze
immer noch am offenen Fenster, erfasst vom plötz-
lichen Schauder der Kühle. Mitte Dezember, die
Sonne steht tief. Sie wird noch tiefer fallen, bis sie
ihren Wendepunkt erreicht. Ich sitze jeweils nach
Mittag eine Stunde am Fenster im Licht, um die
Schatten aus der Seele zu vertreiben. Oder wenigstens, um diese Schatten ein bisschen aufzuhalten,
bis sie mich endgültig ergreifen.

Unten liegt die Straße mit den geparkten Autos.
Leute gehen vorbei, man hört das Lachen einer
Frau, den Schrei eines Kindes. Wenn gerade kein
Auto vorbeifährt, ist von rechts, von der Kreuzung
her, das Plätschern eines Brunnens zu vernehmen.
Muschelkalk, auf dem Brunnenstock hockt eine

Eichel. Daneben wächst eine Platane. Darunter drei Bänke, auf denen zur Sommerzeit Frauen aus dem nahen Altersheim sitzen.

In meiner Kindheit lag von Anfang November bis Ende Februar Nebel über dem Tal. Er hing in den Gassen des Städtchens, über den Wiesen, in den Baumkronen der umliegenden Wälder. Er kam aus der nahen Aare. Eine dunkle Decke, die schwer auf den Menschen lag. Man nannte es Schwermut. Er ist schwermütig geworden, sagte man, wenn jemand zur Aare hinunterging und von der Brücke sprang, um nicht wiederzukehren. Tage später saß man beim Leichenmahl zusammen, mit grauen Gesichtern.

Manchmal am Sonntag fuhren wir mit dem Bummelzug nach Olten und dann mit dem Postauto auf den Hauenstein hoch. Von hier stiegen wir auf den Belchen. Erst an alten Jurahöfen vorbei mit meterdicken, feuchten Mauern. Dann über den fahrbaren Weg, der vom Militär in den Fels gehauen worden war. Der Nebel kam noch näher heran, er füllte Nase und Lunge mit Nässe. Dann plötzlich ein Lichtstrahl, die Sonnenkugel leuchtete auf. Nach wenigen Metern ging man im Sonnenlicht. Links lag das Nebelmeer über dem Mittelland, südlich begrenzt durch die weißen Berge. Wärme ergriff uns, wir rochen den Harzduft der Föhren.

Meist war es so. Und ich habe gestaunt über die Schärfe der Trennung zwischen Nebel und Licht. Wie mit dem Lineal gezogen, sagte man. Wie zwischen Leben und Tod.

Vor Jahren hab ich das uralte Heiligtum Newgrange in Irland besucht. Eine leicht ansteigende, runde Pyramide, älter als die Pyramiden von Gizeh. Megalithkultur. Geheimnisvoll, weil ohne Schrift. Von Südosten her führt ein enger Gang hinein, aus stehenden Steinen errichtet, wie ein versteinerter Wald. Er endet in der Mitte der Pyramide. Ein hoher Raum ist da, mit Kuppel, eine Vierung wie in einer Basilika. Hier hat man menschliche Knochen gefunden. War es ein Grab? Haben die Menschen der Megalithkultur hier ihre Toten beerdigt? Dazu ist der Raum offensichtlich zu klein. Also ein Königsgrab? Oder ein Grab für Priester, wie der Petersdom in Rom?

Über dem Eingang ist eine Fensteröffnung ausgespart. Durch dieses Fenster fallen am Morgen der winterlichen Sonnenwende auf der Nordhalbkugel am 21. oder 22. Dezember die Strahlen der aufgehenden Sonne. Sie scheinen durch den langen Gang und treffen auf den Fußboden der Vierung, die hell aufschimmert.

Die Botschaft ist klar. Die Sonne ist nicht tot, lautet sie. Sie fällt nicht endgültig hinter den Horizont hinunter. Sondern sie steigt wieder hoch in den Himmel hinauf.

In unserer christlichen Kultur ist dies die Nacht, die der Hoffnung geweiht ist. Die Weihnacht. Wobei die Sonne in den vier Evangelien keine Rolle spielt, Sonnenanbeter galten als Heiden. Die uralte Hoffnung auf Auferstehung, in der Auferstehung der Sonne symbolisiert, wird im Neuen Testament vermenschlicht. Es wird ein Kind geboren, das Christkind. Maria wickelt es in Windeln, legt es in eine Krippe. Die Hirten auf dem Feld kommen, um es anzubeten. Den Weisen aus dem Morgenlande zeigt ein Stern den Weg nach Bethlehem, zum Licht der Welt. Was für eine wunderbare Geschichte.

Schlachttag bei Tante Marie

Obschon ich damals bloß ein paar Jahre alt war, kann ich mich noch gut an den Zweiten Weltkrieg erinnern. An die vielen Soldaten im Städtchen, an die polnischen Internierten im alten Kornhaus, die uns Kindern lachend zuwinkten. An die Verdunkelung abends, an das tiefe Brummen der Bomber oben in der Luft. Und an die Rationierungsmarken. Die musste man in der Alten Kanzlei abholen. Es gab Marken für Brot, Käse, Eier. Für Öl, Reis und Teigwaren. Und für Fleisch. Fleisch war eine Kostbarkeit, es kam nur selten auf den Tisch. Ein Cervelat vielleicht, ein Schüblig, ein Stück Suppenfleisch zur Feier des Sonntags. Wenn die Mutter in die Metzgerei einkaufen ging, wollten wir Kinder unbedingt mit. Dann erhielt jedes von der Metzgersfrau ein Rädchen Wurst.

Fleisch wurde damals anders produziert als heute. Es gab nicht diese elende Batteriehaltung von Hühnern und Schweinen, vor der es dem genießenden Esser schaudert. Freilufthaltung war normal. Die Hühner pickten im Gras herum, die Schweine suhlten sich im Dreck. Das Vieh fraß im Sommer Gras und im Winter Heu.

Die Menschen aßen vor allem Kartoffeln. Die konnte man selber anbauen, im eigenen Garten oder auf der »Bünte«, die man pachtete. Man lagerte sie im Kartoffelkeller. Jedes Haus hatte einen solchen Keller. Oft aß man die Kartoffeln in Form einer Rösti, schön goldbraun gebacken auf dem kleinen Feuer. Bei der Großmutter gab es sogar Rösti zum Frühstück, meist mit Apfelschnitzen. Die Apfelbäume standen hinter dem Haus. Boskop, Glockenäpfel, Bohnäpfel, die hielten bis in den Frühling.

Für eine Rösti brauchte es Schweineschmalz. Folglich brauchte es für eine Rösti ein Schwein. Bei meiner Tante Marie, bei der ich von klein auf regelmäßig in den Ferien war, stand in der Küche ein Schweinekübel, in den die Tante alle Küchenabfälle warf. Diesen Kübel leerte sie in den Trog der Sau, die im Schweinestall beim Holzschuppen untergebracht war. Mit Auslauf, versteht sich. Daneben fraß das Tier noch geschwellte Kartoffeln und Runkeln, von der Tante auf eigenem Acker angebaut.

Nach Neujahr wurde die Sau geschlachtet. Das musste zur Winterszeit geschehen, wenn im Küchenherd stets eine Glut war und im Kamin ein bisschen Rauch hing. Denn ein Teil der Sau wurde in diesen Rauch gehängt, der Schinken und Speck haltbar machte.

Der Schlachttag begann frühmorgens. Der Störmetzger war da, ein paar Frauen aus der Nachbarschaft, ein Sohn der Tante. Alle sahen zu, wie das Schwein aus dem Stall geholt wurde. Wie der Sohn an die Tierschläfe einen Stahlbolzen hielt. Und wie der Störmetzger mit einem wuchtigen Holzhammer draufschlug. Die Sau sackte zusammen, wie vom Blitz getroffen.

Dann begann die Arbeit, die bis in den Abend hinein dauerte. Unter stetem Rühren das Blut auslaufen lassen. Die Haut verbrühen, damit die Borsten abgeschabt werden konnten. Die Därme waschen. Blut- und Leberwürste aufkochen bis knapp unter den Siedepunkt, damit sie nicht aufplatzten. Alles Arbeitsgänge, von denen sich der heutige Stadtmensch mit Grausen abwendet. Er hat es lieber vakuumverpackt.

Am Abend war die ganze Sau verarbeitet, bis auf die Knochen. Dann begann das große Fressen. Der Auszugstisch in der Stube war weiß gedeckt, ein paar Flaschen Wein standen da, daneben der Schnaps. Man aß zuerst einen Teller Fleischsuppe. Dann Blut- und Leberwurst, eine Bratwurst und ein Kotelett. Diese Reihenfolge war stets die gleiche, es war wie ein Ritual zu Ehren der toten Sau.

Anderntags begann das Verschenken. Was nicht eingepökelt war oder im Rauch hing, wurde im Dorf verteilt. Einiges wurde verpackt und zur Post gebracht, für die lieben Verwandten.

Diese Geschichte kommt mir jeweils in den Sinn, wenn ich im Supermarkt vor dem Fleischregal stehe. Das ist alles spottbillig, als wäre es gar nichts mehr wert. Vielleicht, überlege ich, ist das alles ja tatsächlich nichts mehr wert. Und ich gehe in den Käseladen um die Ecke und kaufe ein Stück Alpkäse.

Der Podiumsredner

Kürzlich saß ich wieder einmal auf einem Podium der angenehmen Art. Wir waren zwei Schriftsteller und ein Moderator, der uns Zeit gegeben hat, etwas zu erzählen. Die Leute im Saal mussten, wie üblich bei Podiumsgesprächen, den Mund halten und zuhören. Sie waren ja freiwillig hergekommen und hatten erst noch Eintritt bezahlt. Anschließend kam eine Frau zu mir und sagte freundlich: Sie haben in einem schönen, langsamen Dialekt geredet. Ich antwortete: Ich habe so schnell geredet, wie ich kann. Sonst kommt man ja kaum mehr zu Wort. Wobei es auch auf einem Podium nicht immer klappt. Wenn sechs Teilnehmer oben sitzen, sind bestimmt zwei Schnellschwätzer dabei, die dann die andern zutexten.

So ein Podium stärkt in der Regel das Selbstwertgefühl ungemein. Man sitzt oben und sieht die Leute im Saal kaum noch, da die Scheinwerfer blenden. Man muss nicht einmal laut reden, man hat ein Mikrophon vor dem Mund.

Es gibt Podiumsredner, die das Podiumsreden zum Beruf gemacht haben. Sie reden professionell über Flüchtlinge, Umweltzerstörung und Vaterschaftsurlaub. Man sieht es ihnen sogleich an, dass sie Profis sind. Denn sie haben einen Kurs besucht und fuchteln nun ständig mit den Händen in der Gegend herum, um ihre Emotionalität auszudrücken. Sieht man sie anschließend in der Beiz, staunt man darüber, wie schweigsam sie sind. Es ist eine Seuche in der heutigen Zeit. Alle wollen reden, niemand will zuhören. Alle leiden unter einem Redestau. Man will sich selbst einbringen, sich selbst ausdrücken, sich selbst entwerfen und gestalten. Die Person gegenüber, die zuhören soll, interessiert nicht mehr. Sie versinkt im Dunkeln. Viele blenden ihre Umgebung ohnehin aus. Sie haben ein Handy am Ohr und reden in irrem Tempo hinein. Manchmal hege ich den Verdacht, es sind Selbstgespräche. Das Handy haben sie bloß als Tarnung am Ohr.

Das Fernsehen hat daraus längst eine Sendegefäß gemacht. Auf deutschen Kanälen sind jeweils nach 22 Uhr Diskussionsrunden zu sehen, moderiert von einer klugen, schönen Frau, welche die Diskutierenden bändigen soll. Es geht meist um Tagesaktualitäten. Da mich Aktualitäten interessieren, schaue ich oft zu. Es wird in aberwitzigem Tempo geredet und gestritten, es sitzen lauter Podiumsprofis da. Sie reden oft schneller, als ich denken kann. Es gilt das Argument der lauten Stimme, man muss sich Gehör erkämpfen. Sechs Stück scheinen ideal zu sein, damit der Kampf nicht ins Chaos ausufert. Selbstverständlich sitzen Vertreter der verschiedenen Meinungen da, man nennt das ausgewogen. Ich als Zuschauer verteile meine Sympathien, die einen mag ich, die anderen gehen mir auf die Nerven. Schweizer sind selten eingeladen, sie reden wohl zu langsam, zu bedächtig. Man merkt ihnen an, dass Hochdeutsch für sie eine Fremdsprache ist. Einzig Roger Köppel hat sich in diesen Schnellfeuergefechten einen Stammplatz gesichert. Er spielt jeweils den bösen Buben aus der Schweiz, was ihm sichtlich Vergnügen bereitet. Auch das gehört zum Programm. Man nennt das Streitkultur.

Vor einigen Jahren hat es im Deutschschweizer Fernsehen eine ähnlich spannende Sendung gegeben. Es war die alte *Arena*. Darin gingen die politischen Schwergewichte ungebremst aufeinander los, dass manchmal die Fetzen flogen. Großes Polittheater war das. Inzwischen ist die *Arena* zum braven Verlautbarungsorgan zurechtgestutzt worden. Hauptperson ist jetzt der Schiedsricher, der Moderator. Offenbar gilt das als schweizerisch ausgewogen. Ich finde es zum Gähnen.

Um Mitternacht, wenn diese Sendungen jeweils aufhören, sitze ich eine Weile da und frage mich, was ich soeben getan habe. Ich habe, sage ich mir, an einer Diskussion teilgenommen. Das heißt, ich habe zugeschaut, wie andere diskutieren. Ich selber war total ausgeschlossen. An einer Diskussion teilnehmen, von der man ausgeschlossen ist, geht das? Eigentlich nicht. Und es regt sich in mir der Redestau. Ich fange an, meine eigene Meinung zu formulieren. Nur in Gedanken, versteht sich. Noch führe ich keine lauten Selbstgespräche.

Ein Aufklärer in
bester Schweizer Tradition

Als ich 1958 die Matur gemacht hatte, wusste ich nicht recht, was tun. Ich wusste bloß, dass ich Schriftsteller werden wollte. Wie ich das anstellen sollte, davon hatte ich keine Ahnung.

Da ich ja irgendwas tun musste, beschloss ich, vorerst einmal Germanistik zu studieren. Die meisten jungen Leute aus meinem Heimatstädtchen, die Germanistik studierten, gingen an die Uni Zürich zu Emil Staiger. Ich fuhr also nach Zürich und hörte mir eine Vorlesung Staigers an. Er war mir zu salbungsvoll, zu abgehoben. Ich habe auch eine Vorlesung von Walter Muschg in Basel besucht. Er schien mir der richtige Mann zu sein, vor allem deshalb, weil er nicht nur über die Klassiker las, sondern auch über die Literatur des deutschen Expressionismus, die von den Nazis verbrannt worden war. Ich habe dann in Basel den üblichen Weg gemacht, Proseminar, Hauptseminar, Oberseminar. Ich habe bei Walter Muschg eine Dissertation über den deutschen Expressionismus geschrieben. Ich habe viel gelernt an der Basler Uni, die damals eine Spitzenuni war. Es waren Professoren von Weltrang hier, die vor den Nazis geflohen waren.

Ich habe mich durch das Studium eher hindurch-gequält, als dass ich es genossen hätte. Dunkel habe ich geahnt, dass dies nicht die richtige Schule für einen angehenden Schriftsteller war. Aber zum Ab-springen hat mir noch der Mut gefehlt. Immerhin hatte ich jede Freiheit, zu tun und zu lassen, was ich wollte. Das wenige Geld, das ich brauchte, habe ich mit dreiwöchigen WK-Stellvertretungen an aar-gauischen Bezirksschulen verdient.

Fast jeden Abend habe ich mich in die Rio Bar ge-setzt. Dort habe ich meine eigentlichen Professoren getroffen. Arnold Rüdlinger, der Chef der Kunst-halle, der mich von Anfang an ernst genommen und sich mit mir auseinandergesetzt hat. Den Künstler Dieter Roth, der mir zeitgenössische Kunst erklärt hat. Den Schauspieler Leopold Biberti, der in alten Schweizer Filmen mitgespielt hatte. In der »Rio« bin ich den ersten richtigen Schriftstellern begeg-net, Rainer Brambach und Jürg Federspiel.

Meinen Kollegen Urs Widmer, der ebenfalls Germanistik studierte, habe ich nur selten gesehen. Er saß nicht in der »Rio«, sondern in der »Hasen-burg«.

Meine erste Arbeit im Proseminar habe ich über einen Text von Hofmannsthal schreiben müssen. Es war ein Text, der mich in keiner Weise interessiert hat. Mein erstes Thema in Muschgs Hauptseminar war das Gedicht *Die schöne Buche* von Eduard Mörike. Doch viel lieber hätte ich etwas über das Leben dieser Autoren erfahren, über die Art, wie sie Schriftsteller geworden waren. Doch darüber hörte ich nichts. Dichtung galt auch in Muschgs Seminar als abgehobene, zeitlose Kunst.

Nach der Promotion habe ich lange kein germanistisches Buch mehr aufgeschlagen. Ich wollte nichts mehr hören von diesem Geschwurbel. Gelesen habe ich noch immer sehr viel. Und ich habe angefangen, selber zu schreiben. Dazu musste ich erst einmal den ganzen germanistischen Ballast abstreifen.

Nun habe ich den Band *Das Kalb vor der Gotthardpost* von Peter von Matt gelesen. Der Autor hat dafür 2012 den Schweizer Buchpreis erhalten. Von Matt kommt aus Stans, Nidwalden. Er war Professor für Germanistik in Zürich.

Er ist ein großer Erzähler. In der Titelgeschichte, die von Rudolf Kollers bekanntem Bild der Gotthardpost ausgeht, stellt er die Frage: Wie hat die Schweizer Literatur der letzten dreihundert Jahre die Schweizer Geschichte beeinflusst? Und umgekehrt? Er stellt die Frage nach der gesellschaftspolitischen Relevanz von Literatur. Also keine schöngeistige Interpretation im luftleeren Raum. Das ist alles wunderbar verwoben und verknüpft mit der entsprechenden Schweizer Geschichte. Hier ist ein Aufklärer am Werk, in bester Schweizer Tradition. Dem weltoffenen, neugierigen Leser eine Lust und Freude. Ein Stück saftiger, herrlich gepfefferter Literatur aus der Schweiz.

Lektoren und andere
Verkehrspolizisten

Da ein Roman von mir, der vor 36 Jahren herauskam, neu aufgelegt wird, hab ich die neuen Druckfahnen lesen müssen. Erst wollte ich ablehnen. Denn wie soll ich etwas, was ich vor einem halben Menschenleben geschrieben habe, verbessern? Dann hat es mich aber doch wundergenommen, was ich damals geschrieben habe, und ich habe zu lesen angefangen.

Da ist mir dreierlei aufgefallen. Erstens, wie wenig ich mich seither offenbar geändert habe. Der Mann, der damals den Roman schrieb, ist im Großen und Ganzen noch immer der, der ich heute bin. Diese Erkenntnis war einerseits beängstigend. Ich hatte die Möglichkeit zur eigenen Veränderung, Verbesserung überschätzt. Andererseits war die Erkenntnis auch tröstlich. Offenbar habe ich einen Kern, ein Wesen in mir, das unveränderbar zu mir gehört und meine Persönlichkeit bestimmt.

Zweitens ist mir aufgefallen, wie sehr sich die

Welt in den letzten 36 Jahren verändert hat. Ein Handy kommt in diesem Roman nicht vor, weil es noch kein Handy gab. Wenn der beschriebene Mann im Winter mit dem Auto ins Tessin fahren will, verlädt er auf den Autozug und lässt sich durch die Schwärze des Gotthardtunnels transportieren. Was übrigens schön zu beschreiben ist. Eine solche Beschreibung wäre heute nicht mehr möglich, da es den Autozug nicht mehr gibt.

Drittens bin ich immer wieder über Passagen gestolpert, die so, wie sie dastanden, nicht von mir sein konnten. Ich hatte den Roman sehr rhythmisch verfasst. Die Sprache hatte einen bestimmten Rhythmus, der mich durch den ganzen Roman getragen hat bis zum Schluss. Dieser Rhythmus mochte gefallen oder auch nicht, für mich war er entscheidend. Und dieser Rhythmus war im gedruckten Roman mehrfach unterbrochen, was das Werk einer Lektorin war.

Damals im fernen Jahr 1980 war die Hohezeit der Lektoren. Sie haben, ausgerüstet mit Theorie und analytischem Verstand, in verschiedenen Sparten die Macht übernommen. Sie begannen, allen, die etwas taten, zu erklären, wie sie das, was sie taten, anders und besser tun sollten. Das war das, was sie taten: Leute korrigieren, die etwas taten. Sie selber taten sonst nichts. Lektoren zum Beispiel schrieben selten Romane. Sie erklärten den Romanschreibern bloß, wie man einen Roman zu schreiben hatte.

Ich selber habe ein Laster. Ich kann mich für einen Text, den ich geschrieben habe, nicht wehren. Ich sacke dann bloß zusammen und schreibe eine Zeitlang nichts mehr. Denn ich bin der Meinung, die Tatsache, dass ich einen Text so und nicht anders aufschreibe, zeige deutlich genug, dass ich ihn so und nicht anders haben will.

Gute Lektoren sind ein Segen für jeden Autor. Aber meine damalige Lektorin war schlecht. Es mag ja sein, dass sie in einigem oder sogar in vielem recht hatte. Aber was heißt das schon? Es gibt tausend Möglichkeiten, einen Satz zu formulieren. Schreiben heißt, einen Satz genau so aufzuschreiben, wie man ihn haben will. Sich diese Freiheit herauszunehmen. Den Satz sogar zu veröffentlichen, und zwar unter dem eigenen Namen. Schreiben heißt auch, die eigenen Fehler selber zu machen. Perfektionismus ist schrecklich, Fehler sind produktiv.

Ich weiß noch, wie mich damals die Lektorin in ihrem Verlagsraum zum Lektorat empfangen hat. Ihre Hände haben gezittert vor Erregung, vor Kampfeslust. Sie wollte mit mir um meinen Text kämpfen, stundenlang, Wort für Wort. Ich bin gleich zusammengesackt. Was für ein Irrsinn, um einige Sätze eines Romans kämpfen zu wollen. Als ob es eine Instanz geben würde, die weiß, was richtig und was falsch ist. Was für eine Verschwendung von Lebenslust und Produktivität.

Schreiben ist für mich die schönste Tätigkeit, die ich mir vorstellen kann. Schreiben heißt, sich fortwährend zu entscheiden, für ein Wort, für einen Satz. Das Schwierigste sind die ersten Sätze. Stimmen die, hat man eine Sprachebene, auf der man losfahren kann. Im Gegensatz zum Straßenverkehr braucht man dafür keinen Verkehrspolizisten. Denn die Welt der Sprache ist die Freiheit.

Han Coray und Dada

Im letzten Jahr an der Kantonsschule Aarau machten wir eine dreitägige Schulreise ins Tessin. Wir fuhren an den Lago Maggiore, stiegen auf den Tamaro und übernachteten in einer Hütte. Am zweiten Tag wanderten wir den Malcantone hinunter nach Agnuzzo, wir nächtigten in der Casa Coray direkt am Luganersee. Eine Ansammlung leicht gebauter Holzbaracken, so habe ich dieses Casa in Erinnerung, extra hingebaut für Schulreisen.

Später habe ich die Casa Coray mehrmals besucht, zusammen mit einem Freund, der sich auskannte. Wir haben uns jeweils ins Restaurant gesetzt, wo jede Menge zeitgenössischer Bilder hingen. Vor allem von Max Gubler, der als größter zeitgenössischer Schweizer Maler galt. Beim Eingang zu diesem Restaurant stand stets eine große, altchinesische Vase, seltsam fremd, irritierend, faszinierend. Mein Freund hat erzählt, Han Coray, so hieß der Besitzer (Han nach den altchinesischen

Kaisern), sei ein großer Kunstsammler. Die Vase beim Eingang werde ihm immer wieder geklaut. Er stelle dann jeweils wieder eine andere hin, er besitze einen ganzen Saal voll.

Einmal hat mein Freund behauptet, Han Coray habe einen echten El Greco. Da wir beide das nicht recht glauben wollten, gingen wir hin und fragten danach. Es erschien eine freundliche Dame. Sie musterte uns kurz, dann sagte sie, wir sollten mitkommen. Sie führte uns durch Gänge, die alle im selben leicht schwebenden Stil gebaut waren, der mir irgendwie fernöstlich vorkam. Vor einer Tür blieb sie stehen, lauschte eine Weile, machte dann auf und ließ uns hineingehen. Wir gingen hinein, und ich weiß noch, wie ich erschrak. Ein uralter Mann, gehüllt in ein leichtes Gewand, saß an einem Tisch. Es musste Herr Coray sein. Er hatte die Augen geschlossen, er war nicht von dieser Welt. Offenbar befand er sich mitten in einer Meditation. Es ging eine solche Kraft von ihm aus, dass wir uns geschockt zurückziehen wollten. Aber die Frau sagte: »Er bemerkt euch nicht. Dort hängt der El Greco.« Sie zeigte auf die Wand hinter dem Meditierenden, wo ein kleines Bild mit dem Antlitz von Jesus Christus hing. Ich betrachtete kurz dieses Bild, aber dann schaute ich wieder auf den alten Mann, auf sein entspanntes Gesicht, wie ich noch nie ein Gesicht gesehen hatte, von Lebenden nicht, von Toten nicht.

Jahrzehnte später habe ich die Casa Coray wieder einmal besuchen wollen. Es gab sie nicht mehr. Es gab auch keine Tafel, die darauf hinwies, dass hier einmal ein Zürcher Kunstsammler eine Lagerstätte für Schulreisen aus der Deutschschweiz gebaut hatte.

Nun habe ich ein Buch von Martin Mittelmeier zum hundertjährigen Jubiläum von Dada in Zürich gelesen. Darin steht, dass der Kunstsammler Han Coray in seiner Galerie an der Zürcher Bahnhofstraße im Januar 1917 die erste Dada-Ausstellung gemacht und moderne Kunst ausgestellt habe. Offenbar gab es auch einen Kandinsky-Saal. Es wurden Theaterstücke gezeigt, dargeboten von Hugo Ball, Emmy Hennings und dem blutjungen Friedrich Glauser. Diese Ausstellung wurde für Han Coray zum finanziellen Fiasko.

Ich habe in letzter Zeit einiges gelesen über Dada. Es fiel mir auf, dass man fast nichts Genaues weiß. Deshalb greifen die Kunsthistoriker auf die Selbstdarstellungen und Selbstbeweihräucherungen einiger Protagonisten zurück. Und die sind meistens öde. Hugo Ball, dessen kubistisches Kostüm zur Ikone des Dadaismus wurde, war beileibe kein großer Dichter. Die Gedichte, die seine spätere Ehefrau Emmy Hennings 1913 in der Reihe *Der Jüngste Tag* herausgab, sind um Klassen besser. Und es ist wohl klar, dass ohne Emmy Hennings kein einziger Dada-Abend hätte stattfinden können. Aber über sie steht nicht viel in Mittelmeiers Buch, außer dass sie mit verschiedenen Männern geschlafen habe. Dagegen schreibt Han Coray: »Ich habe Emmy Hennings später als die Frau von Hugo Ball gut kennengelernt. Sie war die sensibelste, liebenswürdigste und tapferste Frau, die ich je gekannt habe.«

Es ist wie bei allen Ismen. Die Schreihälse besetzen das Feld, die Kunst machen andere.

Rote Sonne, alte Tage

Ein Abend in der Wirtschaft Stellwerk im Bahnhof St. Johann. Wir feiern eine Theateraufführung, die im benachbarten Schuppen stattgefunden hat, einer riesigen Halle mit herrlichem Dachstuhl. Zeugnis alter Zimmermannskunst.

Ich sitze neben dem Intendanten des Basler Theaters Andreas Beck. Ein freundlicher, neugieriger Mann, der sich freut, mit einem alten Schriftsteller zu diskutieren. Das ist neu für mich. Üblicherweise schotten sich Intendanten, die in eine Stadt kommen, sogleich ab von dieser Stadt. Sie behaupten zwar alle, Theater für genau diese Stadt zu machen, aber sie schielen mit beiden Augen nach Berlin.

Wir reden über alte Zeiten in Wien, wo ich ein paarmal aufgeführt wurde. Über Hans Gratzer, der das Schauspielhaus in der Porzellangasse gegründet hat, wo später auch Beck Direktor gewesen ist. Über die junge Dramatikerin Darja Stocker, die für Basel die *Antigone* neu geschrieben hat. Ich habe diese Bearbeitung gelesen, beeindruckt von ihrer Sprachkraft.

Andreas Beck erzählt, er habe am Schauspielhaus an der Porzellangasse viele Uraufführungen junger Autoren gemacht. Zum Beispiel von Ewald Palmetshofer. Der sei jetzt in Basel Dramaturg, er sitze gleich hinten in der Ecke. Ich drehe den Kopf nach hinten. Ja der, sagt Beck, der mit der Baseballkappe. Ich gehe nach hinten zum jungen Mann und schüttle ihm die Hand. Er freut sich.

Auch das sei neu für mich, sage ich zu Beck, dass ein Dramaturg an einer Premierenfeier hinten in der Ecke sitze. Üblicherweise stehe ein Dramaturg an einer Premierenfeier aufrecht mitten im Raum, ein Glas in der Hand und laut lachend, damit ihn alle sähen. Nein, sagt er, diese Zeit sei vorbei.

Etwas später gehe ich hinaus, um eine zu rauchen. Ich gehe um die Ecke, wo westwärts ein paar leere Tische stehen. Ich setze mich auf einen Gartenstuhl und schaue zum plötzlich fernen, flachen Horizont hinüber, wo eben die Sonne untergeht, eine knallrote Kugel, die sich langsam hinabschiebt. Vor mir liegen Geleise, Schienen auf Eichenbalken geschraubt. Schotter aus Kiesgruben, durchwachsen von Unkraut, das zart blüht. Dazwischen Zigarettenstummel. Die Verbrennungsanlage, eine monumentale Skulptur in der stahlblauen Luft. Westwind, er kommt vom Meer her. Die Rauchfahne hängt waagrecht, nach Osten gerichtet. Sie leuchtet rot auf. Ein Himmel so weit, wie ich ihn lange nicht mehr gesehen habe. Ein Regionalzug nach St. Louis rollt vorbei. Später ein TGV. Er scheint zu schweben wie ein Fregattvogel unter Möwen.

Ein Ort der Melancholie. Ein Ort zum langsamen Weintrinken, zum Träumen. Ein Ort auch, um Verse von Baudelaire zu lesen oder selber ein Gedicht zu machen.

Zu meiner Zeit gab es den TGV nicht. Wir sind immer mit dem Train rapide nach Paris gefahren. Knappe fünf Stunden hin, knappe fünf Stunden zurück. Einige Wagen hatten Abteile, Bänke und Vorhänge. Wir haben ein freies Abteil gesucht, ich habe mich auf eine Bank gelegt und bin eingeschlafen, die Mütze über die Augen gezogen, das Rattern der Räder im Ohr, das Schleifen der Bremsen. In Belfort bin ich erwacht, draußen waren die Ziegelmauern des alten Forts zu sehen. Es folgte die Strecke dem Kanal entlang. Frauen auf den Lastschiffen, die Wäsche aufhängten, rote Hemden, blaue Blusen. Dann plötzlich die Schwärze eines Tunnels.

Bei Lure setzten wir uns in den Speisewagen mit Tischen, an denen man fürstlich tafeln konnte.

Selbstbedienung, es wurden drei Menüs angeboten. Ich nahm stets Kutteln an einer Weißweinsauce und Kümmel, butterzart vom langen, langsamen Köcheln. Dazu eine Flasche Burgunder. Vesoul glitt vorbei, schwarzweiße Kühe auf der Weide. In der Ferne die weiße Kathedrale von Langres. Dann die dunklen Mauern von Troyes. Endlich, wenn der Burgunder ausgetrunken war, die Einfahrt in Paris.

Ich habe gedacht auf jenem Gartenstuhl vor dem Stellwerk, dass das etwas vom Schönsten von Basel sei, dass gleich an der Grenze der weite Himmel beginnt.

Keine Krimis in Solothurn

Neulich habe ich einem Schreiben der Solothurner Literaturtage entnommen, dass in Solothurn jeweils die wichtigen Neuerscheinungen der vergangenen Buchsaison vorgestellt werden.

Ich habe meinen letzten *Hunkeler*-Roman vor rund sieben Monaten herausgegeben, also in der vergangenen Buchsaison. Trotzdem bin ich nicht nach Solothurn eingeladen worden. Was wohl heißt, dass mein Krimi nicht zu den wichtigen Neuerscheinungen gehört. Was mich geärgert hat. Ich habe meinen Verlag angerufen und gefragt, was da los sei. Ich habe die Antwort bekommen, dass an den Solothurner Literaturtagen keine Krimis vorgestellt werden. Was mich doppelt geärgert hat.

Ich selber bin kein Krimileser. Oft sind sie mir zu langweilig. Oder zu brutal. Oder beides. Wenn Blut und Hirnmasse spritzen, höre ich auf. Es gibt Ausnahmen. Von Chandler, Glauser und Dürrenmatt habe ich alles gelesen, von Simenon vieles. Einfach deshalb, weil es große Autoren sind. Ob

Krimi oder nicht, hat mich nie interessiert. Für mich gibt es bloß zwei Arten Bücher. Solche, die mich langweilen. Und solche, die mich bis zum Schluss interessieren.

Es gibt verschiedene Vorurteile gegenüber Literatur. In meiner Jugend zum Beispiel gab es das Vorurteil gegenüber Karl May, er verderbe den Charakter. Weshalb es in der Schulbibliothek keine Bücher von Karl May gab. Gelesen haben wir ihn trotzdem.

Gegenüber Krimis gibt es vor allem zwei Vorurteile. Erstens: Wer einen Krimi schreibt, ist moralisch nicht ganz sauber, denn er greift zu billigen Tricks. Die Wahrheit ist, dass mit billigen Tricks niemand ein gutes Buch schreibt. Das zweite Vorurteil: Man muss nur einen Krimi schreiben, schon landet man auf der Bestsellerliste, was wiederum moralisch nicht ganz sauber ist. Die Wahrheit ist: Es werden viele Krimis geschrieben. Meist landen sie nicht auf der Bestsellerliste, sondern im Papierkorb.

Krimis seien, hört man, oft so schlecht geschrieben, dass man sie nicht lesen könne. Stimmt. Nur sind auch sogenannt seriöse Bücher oft schlecht geschrieben.

Als interessierter Zeitgenosse lese auch ich neu erschienene seriöse Romane. Manchmal finde ich sie stinklangweilig. Häufig drückt derart penetrant eine Gesinnung durch, dass ich das Buch verstimmt weglege. Denn eine korrekte Gesinnung habe ich selber.

Man nehme, so lautet ein weitverbreitetes Schreibrezept, eine edle Gestalt weiblichen oder männlichen Geschlechts. Man stelle sie in ein Umfeld mieser Charaktere, an denen die Hauptfigur langsam zerbricht. Man lasse durchblicken, dass man selber die edle Gestalt ist. Man klage ausgiebig darüber, man steigere die Klage zur Anklage an der Gesellschaft.

Solche Klageromane werden zuhauf veröffentlicht. Obschon sie bloß weinerlich sind, gelten sie als gesellschaftskritisch und folglich als ernsthafte Literatur. Im Gegensatz zu unterhaltenden Krimis. Korrekte Gesinnung gegen Lesevergnügen. E gegen U. Eine Unterscheidung, die außer im deutschen Sprachraum der Dichter, Denker und Langweiler nirgendwo gemacht wird.

Krimis sind eine uralte Literaturform. Es wird ein Tabu aufgestellt. Dieses Tabu wird gebrochen. Der Tabubruch wird aufgeklärt, der Tabubrecher bestraft. Zum Beispiel Adam und Eva im Paradies. Das Tabu: Ihr dürft nicht von dieser Frucht essen. Sie essen trotzdem davon und werden zur Strafe aus dem Paradies vertrieben. Nach dem gleichen

Prinzip funktioniert die Geschichte von Kain und Abel. Bei Ödipus sind es zwei Tabubrüche. Er erschlägt seinen Vater und heiratet seine Mutter. Als er die beiden Tabubrüche erkennt, vertreibt er sich selber aus dem Paradies, indem er sich blendet.

Eine interessante Frage wäre, warum es in der lieblichen, braven Schweiz so hervorragende Krimiautoren gibt wie Carl Albert Loosli, Friedrich Glauser und Friedrich Dürrenmatt. Würden die drei, wenn sie noch leben würden, nach Solothurn eingeladen? Oder doch eher nicht?

Düdlio, Skri-Sie

Heute war wieder einmal ein warmer, sonniger Frühsommermorgen. Ich saß im nahen Straßencafé, trank eine Tasse Milchkaffee und las zwei Zeitungen. Ich habe die Mauersegler schreien hören. Ich habe hochgeschaut in den Himmel, bis ich sie heranfliegen sah. Ein Trupp von sechs, sieben schwalbenartigen Vögeln mit scharfen, dunklen Flügeln, dicht beieinander in aberwitzigem Tempo ein Ziel anpeilend. Kurz davor abdrehend in waghalsigem Manöver und um die Hausecke verschwindend, als gäbe es sie gar nicht. Dasselbe wiederholte sich alle ein, zwei Minuten. Zuverlässig tauchten sie schreiend wieder auf, um gleich wieder zu verschwinden.

Weiter oben hoch in der Luft habe ich weitere Segler erkannt. Sie flogen nicht in Formation, sie jagten für sich allein irgendwelchen Insekten nach.

Ich kenne diese Vögel, seit ich ein Kind war. Ich weiß, dass sie Ende April, Anfang Mai zu uns kommen und uns Ende Juli, Anfang August wieder verlassen. Sie haben bloß drei Monate Zeit, um ihre Brut aufzuziehen. Deshalb nehmen sie keine Rücksicht auf andere Vögel. Ohne viel Federlesen werfen sie Hausrotschwanz, Spatz und Mehlschwalbe aus ihrem Nest, um selber darin zu brüten.

Wir nannten sie Spiere. Wobei ich keine Ahnung habe, wie man das schreibt. Spire? Spyre? Das ist das Schöne am Schweizerdeutschen, dass es keine richtige oder falsche Orthographie gibt. Alles ist geregelt heutzutage, nur die Mundart nicht. Und auch das Leben der Spiere nicht. Sie kommen angeflogen und werfen ohne Niederlassungsbewilligung ihre Vormieter hinaus.

Ich habe als Kind einmal einen Mauersegler in der Wiese liegen sehen. Er lag da wie eine Flunder auf dem Trockenen, reglos, irgendwie gottergeben. Ich wusste, dass er nicht vom Boden aus starten konnte. Ein Spier muss sich zum Starten in die Luft fallen lassen, sonst kommt er nicht weg. Ich warf ihn hoch, er pfeilte sogleich weg.

Der Mauersegler ist ein heimlicher Vogel. Man hört sein Schreien. Aber er fliegt so schnell vorbei, dass man ihn kaum zur Kenntnis nimmt. Die meisten glauben wohl, er sei eine Schwalbe. Ich habe in meinem Vogelbuch nachgeschaut. Ich liebe diese Vogelpoesie.

Ein Spier wird zur Familie der Segler gezählt.

Obschon das im Grunde falsch ist, denn ein reiner Segler ist er fast nie. Im Gegenteil, er zeichnet sich durch einen außerordentlich schnellen Flügelschlag und ein schwirrendes Vorwärtskommen aus, das nur selten von einem Gleitflug unterbrochen wird. Da seine schwachen Füße weder zum Laufen noch zum Hüpfen taugen, erledigt er alles, was er tut, außer dem Brüten, im Fluge.

Ein Spier hat einen schwarzen Schnabel, große, tiefbraune Augen und einen weißen Fleck am Hals. Er ist ein Kulturfolger, er nistet gern in Gebäudenischen. Er ist kein Maurer oder Erdarbeiter wie die Schwalbe. Er ist ein einzigartiger Speichler, Kleber und Leimer, er hat hochentwickelte Speicheldrüsen. Sogar die Eier und die Jungen werden von ihm festgeleimt, damit sie nicht hinunterfallen. Die nach zwanzig Tagen schlüpfenden Jungen hocken volle sechs Wochen im Nest. Wenn wegen schlechten Wetters keine Nahrung da ist, fallen sie in Fastenstarre. So können sie ohne zu fressen zwei Wochen überleben.

Wenn sie im Formationsflug um die Ecken pfeilen, stoßen sie einen gellenden, schrillen Schrei aus, der sich mit Skri-Sie transkribieren lässt.

Das wäre ein Kapitel für sich, die Transkribierung der Vogelrufe. So wird der wunderbare Flötenton des Pirols mit Düdlio wiedergegeben, was ich lächerlich finde. Aber versuchen Sie einmal selber, einen Vogelruf zu alphabetisieren. Auch Sie werden kläglich scheitern.

Offenbar scheinen die Mauersegler außerhalb der Brutzeit ihre Nächte in großer Höhe segelnd zu verbringen. Jedenfalls konnten ganze Mauerseglerschwärme in über zweitausend Meter Höhe beobachtet werden, die die ganze Nacht oben blieben. Was in der aufkommenden Julihitze sehr zu empfehlen wäre.

Vom Sterben und vom Trauern

Kürzlich habe ich mir im Fernsehen die Eröffnung des neuen Gotthardtunnels angeschaut. Einer der Redner hat darauf hingewiesen, dass auch die Hinterbliebenen der Todesopfer, die der Bau gekostet hatte, eingeladen seien. So könnten diese, wie er meinte, ihre Trauerarbeit leisten.

Trauerarbeit, ein Modewort. Ein übles Wort. Wer einen Angehörigen durch Tod verliert, muss Trauerarbeit leisten. Leistet er diese Arbeit nicht, und ist er deshalb nach einer gewissen Zeit, zum Beispiel nach einem halben Jahr, noch immer traurig, ist er ein fauler Hund, der zu wenig gearbeitet hat.

Leisten ist ein aktives Wort. Man leistet etwas, und das ist Arbeit. Das ist anstrengend, der Leistende muss sich Mühe geben. Wer sich keine Mühe gibt und deshalb zu wenig leistet, bleibt eben traurig und ist selber schuld.

Wer traurig ist, ist nicht lustig. Er geht der Umgebung auf den Sack. Was, der ist immer noch traurig? Wann wird er endlich wieder lustig? Der soll endlich eine anständige Trauerarbeit leisten.

Trauern ist ein ganz und gar passives Wort. Wer traurig ist, ist passiv. Er ist kaum mehr fähig, etwas zu leisten, zu arbeiten. Die Trauer lähmt. Das ist ja gerade das Wesen der Trauer, dass man nichts mehr leisten kann. Es herrscht die Meinung, dass man die Trauer mit Arbeit überwinden müsse. Gewissermaßen abarbeiten, Stück für Stück. Bis man wieder lustig ist.

Wer traurig ist, weil er zum Beispiel seine Liebe verloren hat, macht seltsame Erfahrungen mit seinen Mitmenschen. Diese wissen nämlich in der Regel nichts dazu zu sagen, außer dass man jetzt halt Trauerarbeit leisten müsse. Sonst fällt ihnen nichts ein. Und wenn man ihnen drei Monate später begegnet, fragen sie augenzwinkernd, ob man schon eine Neue habe. Verneint man diese Frage, reagieren sie ungehalten.

Trauer ist in der heutigen Zeit der rund um die Uhr lachenden Gesichter nicht mehr vorgesehen. Wer traurig ist, funktioniert nicht mehr richtig. Er leidet, er stört. Leiden ist ein passives Wort. Man erleidet etwas, man wird zum Opfer. Opfer ist zum Schimpfwort geworden.

Man hat heute zu funktionieren. Einwandfrei, ohne Aussetzer, wie eine Maschine. Eine Maschine leidet nicht, sie ist auch nicht traurig. Ist sie kaputt, wird sie entsorgt und durch eine neue ersetzt.

In der Regel wird heute im Spital gestorben. Der Leichnam wird ohne viel Federlesen in den Kühlraum gebracht und von dort, zusammen mit anderem Leichengut, ins Krematorium. Die Hinterbliebenen können ein paar Tage später die Urne abholen. Alles in Ordnung, kein Grund zur Trauer. Es gibt keine Trauerrituale mehr. Beerdigung im engsten Familienkreis. Als würde man sich schämen, dass jemand nicht mehr richtig funktioniert hat und gestorben ist.

Das Sterben und der Tod haben keinen Platz mehr in unserer Welt. Die alten Trostmaschinen, die Kirchen, stehen leer. Die Seelsorger mit tröstendem Bibelwort und Weihwasser sind brotlos geworden. Bei Unfällen mit mehreren Toten werden psychologische Fachkräfte zur Verfügung gestellt, von denen einwandfreies Funktionieren erwartet wird.

Der Tod aber lebt mitten unter uns. Und auch die Trauer über den Tod. Man kann diese Trauer nicht wegarbeiten, man kann ihr höchstens Ausdruck geben. Man hat sie zu akzeptieren und zu ertragen. Noch in meiner Jugend ging eine Familie, der ein Mitglied gestorben war, ein Jahr lang in Schwarz. Das war das Trauerjahr. So hat man dem

Tod und der Trauer darüber den nötigen Ausdruck gegeben.

Es gab den Leichenwagen. Das war eine schwarze Kutsche, worauf der Sarg mit dem Leichnam auf den Friedhof gefahren wurde, gezogen von einem Pferd im Trauerflor. Der Kutscher trug einen schwarzen Zylinder. Gleich hinter der Kutsche schritt die Trauerfamilie. Es folgten Verwandte und Freunde. Am Schluss die Musik, die einen Trauermarsch spielte. Am Grab dann die Sätze: Erde zu Erde, Staub zu Staub. Dann schritt man zum Leichenmahl.

Was ich nicht unbedingt sehen muss

Eine Freundin von mir war am Gardasee in den Ferien. Sie hat im Fernsehen die Luftstraße von Christo auf dem benachbarten Lago d'Iseo gesehen. Das muss ich mir unbedingt anschauen, hat sie sich gesagt und ist hingefahren, um darauf zu lustwandeln. Sie kam nicht ans Ziel. Zu viele Leute hatten die gleiche Idee wie sie. Es sei Krieg gewesen am Ufer des Lago d'Iseo, hat sie erzählt. Kleinfamilie gegen Kleinfamilie, Ellbogen an Ellbogen. Nicht einmal einen Schluck Wasser habe sie bekommen in der Hitze. Denn viele Wirte hätten ihre Bars dichtgemacht und seien geflohen vor dem Touristenansturm.

Wir hatten in meiner Kindheit zu Hause ein dickes Lexikon, in dem das Katharinenkloster auf dem Sinai abgebildet war. Das älteste Kloster der Welt, wie zu lesen war. Gelegen in einer steinigen Einöde, mit zehn Meter hohen Mauern ringsum. Ein früher Kindheitstraum von mir. Dort wollte ich hin.

Ein Freund von mir ist kürzlich dort gewesen. Auch er wollte sich damit einen Kindheitstraum erfüllen. Es sei schrecklich gewesen. Auf dem riesigen Parkplatz Bus an Bus. Leute aus aller Welt, die sich alle ihren eigenen Kindheitstraum erfüllen wollten. Alle wollten auf dem Berggipfel oben den Sonnenaufgang genießen. Auch solche, die kaum noch kriechen konnten. Sie seien auf klapprige Esel gehievt, geschoben, gezogen und getragen worden. Auch er hat von Krieg erzählt, vom Kampf Mensch gegen Mensch. Am Schluss seien die meisten tatsächlich oben gewesen und hätten, zitternd vor Kälte, der Sonne zugeschaut, wie sie über den Horizont rollte.

Ich habe in meiner Jugend mehrere Sehnsuchtsorte gekannt, wo ich unbedingt einmal hinwollte. Das Kreuz des Südens sehen, die Südsee, den Zuckerhut von Rio. Ich habe das alles nicht gesehen. Ich könnte, wenn ich wollte. Ich könnte mir das alles ansehen für einige paar Tausend Franken. Das liegt für viele Schweizer drin. Eine Reise zu den Pinguinen oder zu den Kängurus, zur Chinesischen Mauer oder nach Machu Picchu. Alle Sehenswürdigkeiten der Welt stehen uns offen für unser westliches Geld. Der Dollar unterwirft sich nicht nur ganze Volkswirtschaften, sondern auch Sehenswürdigkeiten und alte Heiligtümer.

Mein Vater, ein braver Gewerbeschullehrer, ist erst nach der Pensionierung ins Ausland gereist. Vorher wäre ihm schon der Lago d'Iseo ein Greuel gewesen, weil zu lärmig, zu italienisch. Dann aber ist er plötzlich losgedüst nach Samarkand an der Seidenstraße, über die er ein dickes Buch gelesen hatte. Und auf den Chaiber-Pass hinauf. Wer den Chaiber-Pass in der Hand hat, hat er mir erklärt, der hat das Einfallstor zu Indien in der Hand. Er hat alles fotografiert. Zu Hause hat er Dia-Abende veranstaltet und sich gewundert, dass seine Nachkommen gelangweilt abgewinkt haben.

Ich selber habe mich schon bei der ersten Gelegenheit auf den Weg gemacht. Mit dem Velo an den Genfersee. Über den Julier ins Engadin und hinunter zu den Palmen am Luganersee. Per Autostopp das Rhônetal hinunter nach Spanien mit dem Ziel Gibraltar, um kurz nach Tanger hinüberzusetzen. Ich bin bloß bis nach Valencia gekommen. Das waren Abenteuerreisen, wir wussten am Morgen nie, wo wir am Abend sein würden.

Später bin ich geflogen, wie alle anderen auch. Am schönsten war es auf den Grenadinen in der Karibik. Dort habe ich das Paradies kennengelernt.

Eines heißen Mittags habe ich auf dem Stausee von Assuan ein Schiff liegen sehen, das nilaufwärts nach Sudan fuhr. Die Hügel zu beiden Seiten des

dumpfen Wassers haben in der Hitze feuerrot ge-
leuchtet, ich spürte den Sog nach Süden, der mich
beinahe mitriss. Ich hätte einsteigen und bis nach
Schwarzafrika fahren können.
Ich ließ es bleiben, was mich gewundert hat. Denn
in meiner Jugend wäre ich sofort eingestiegen.
Ich würde gerne auf der Luftstraße von Christo
über den Lago d'Iseo gehen, lustwandeln bei
Mondschein über das Wasser. Eine wunderschöne
Vorstellung.

Ein Zwischenhalt auf
der Insel Stromboli

Vor wenigen Wochen ist der Basler Lyriker Werner Lutz gestorben. Er ist 85 Jahre alt geworden. Ein hohes Alter, denke ich, er hat Glück gehabt, so alt zu werden. Dann fällt mir ein, dass ich selber 78 Jahre alt bin. In sieben Jahren bin ich auch 85 Jahre alt, wenn ich das Glück habe, nicht vorher zu sterben. Was soll ich in sieben Jährchen noch machen? Was soll ich anfangen, wie leben in dieser kurzen Zeit? Soll ich mich auf das Sterben vorbereiten? Soll ich damit anfangen, schon am heutigen Tag?

Aber dann verdränge ich solche Gedanken, so wie es alle tun. Dem Tod keine Zeile, hat Rainer Brambach, der ältere Freund von Werner Lutz, geschrieben. Er hatte recht. Ich brauche dieses Leben, hat Werner Lutz behauptet.

Dann versuche ich, mein Lieblingsgedicht von Werner Lutz, das ich früher einmal auswendig konnte, aufzusagen. Die erste Zeile weiß ich noch.

Sie lautet: »Stromboli, Weininsel, Tisch.« Lutz sitzt also auf der Weininsel Stromboli, einer Vulkaninsel zwischen Neapel und Palermo. Er sitzt an einem Tisch. (Vielleicht sitzt er aber auch an einem Basler Beizentisch, inmitten trinkender und rauchender Kollegen. Aber fahren wir mal nach Stromboli.) Er ist unterwegs übers Wasser, ist ausgestiegen, sitzt am Hafen, hat Zeit, »einen Brief zu lesen, ein Glas zu laden«.

Er trinkt ein Glas Wein, liest etwas, schreibt vielleicht etwas, vielleicht eine Postkarte oder ein paar Verse. Ein Reisender, unterwegs mit dem langsamsten aller Reisevehikel, dem Schiff, das sich träge über das tiefblaue Tyrrhenische Meer bewegt, von Insel zu Insel, von Hafen zu Hafen. Langsame Einfahrt, anlegen, vertäuen, einige wenige Einheimische steigen aus, ein paar Touristen. Waren werden ausgeladen, andere Waren werden eingeladen. Die Möwen schreien, Salz klebt auf der Haut. Der Wein schmeckt erdig und bitter, das Brot ist weiß und hart. Oben über dem Gipfel des Vulkanhügels hängt eine Aschenfahne.

Diese Szenerie hätte Lutz auch fotografieren können. Wenn er denn einen Fotoapparat bei sich gehabt hätte. Ich bin sicher, er hat keinen bei sich gehabt. Er hat geschrieben, nicht fotografiert. Und zwar mit den Augen. Ein Betrachter, der Zeit hat.

Mit genauem, kühlem Blick. Das Unterwegssein als Lebensform. Ankommen, da sein, weiterreisen. Nie ansässig werden, auch am Stammtisch nicht. Sich nie endgültig an einen Ort binden, sich nicht festlegen. Denn das Leben ist in jedem Fall vorläufig. Schön zwar, in besonderen Augenblicken, in denen die Zeit stillzustehen scheint, von handgreiflicher Präsenz, würdig der poetischen Formulierung, des Gedichts. So erhält der Augenblick einen Anflug von Dauer, in den Wörtern, die zueinander passen wie das Wasser, die Steine, der Himmel. »Dann will ich weiterziehen. Neapel zu.«

Es sind diese wenigen Bruchstücke, die ich von diesem Gedicht noch im Kopf habe. Teile eines vergessenen Ganzen, wie man sie in jener Mittelmeerregion oft antrifft. Ein paar alte griechische Säulen, der Wind, der über die Sträucher streicht, der Duft nach Thymian, das weiße Licht. Aber bald werden wir weiterziehen, einem unbekannten Hafen zu.

Ein unglaublich gutes Gedicht von Werner Lutz. Ich habe einen Freund angerufen und ihn gebeten, mir das ganze Gedicht vorzulesen. Hier ist es:

Stromboli, Weininsel, Tisch
auf Männerstimmen treibend
in Rauch gehüllt

Gespräche, Lavabäche in den
Aschehängen.
Hier will ich anlegen
Postschiff, einmal die Woche
nicht länger ankern
als es Zeit braucht
einen Brief zu lesen, ein Glas
Wein zu laden.
Dann will ich weiterziehen.
Neapel zu.

Ode an den Rhein

Manchmal vergehen Wochen, ohne dass ich einen Blick auf den Rhein werfe. Einfach deshalb, weil ich keine Lust verspüre, mich aus meinem Wohnviertel wegzubegeben. In diesem Wohnviertel habe ich meine kurzen Fährten, die ich tagtäglich begehe. Was genügt, um meine Bedürfnisse zu decken und mich mobil zu halten.

Dann, eines Morgens, habe ich etwas im Kleinbasel zu besorgen. Ich fahre über eine der Brücken, und schlagartig öffnet sich die Welt. Der Rhein liegt vor mir, der Strom, der mitten durch die Stadt fließt. Die Pfalz mit dem rötlichen Münster, gegenüber die Häuserfront Kleinbasels, unter mir das Wasser, das Richtung Meer fließt.

Basel besteht aus einem Zwischenraum. Aus dem Zwischenraum zwischen Groß- und Kleinbasel, aus dem Rhein. Basel selber ist ein Zwischenraum. Eine Stadt zwischen Eidgenossenschaft und Europa, zwischen Kleinstadt und großer Welt.

Basel am Rhein, am Strom, der in den Alpen

entspringt und im Meer mündet. Die alte Wasserstraße, welche die Römer in den Norden führte. Konstanz, Basel, Straßburg, Mainz und Köln, Universitätsstädte, Druckerstädte, Orte des geistigen Fortschritts, der kulturellen Entwicklung.

Tell und der Rütlischwur sind großartige Gründungsmythen. Berge, Hirten, Freiheit. Städte kommen darin nicht vor. Es gibt noch heute Leute in der Schweiz, die von diesem urchigen Bild der Eidgenossenschaft träumen und es bewahren wollen. Aber Basel gehört auch zur Eidgenossenschaft.

Ich empfehle dem Bundesrat, auf einer seiner Sommerreisen einmal nach Basel zu kommen, die Grenze zu überschreiten und über die Fußgängerbrücke von Huningue nach Weil hinüberzugehen. Sie werden zur rechten Hand die kleine Kirche von Huningue sehen, zur linken den Rheinhafen, im Hintergrund die Hochbauten der Basler Chemie und den Roche-Turm, der als großartige Skulptur in den Himmel ragt. Dann werden die Damen und Herren des Bundesrates merken, was es geschlagen hat. Die Eidgenossenschaft braucht Basel. Sie sollte mehr auf Basel hören, mehr denn je.

Als ich mit zwanzig Jahren hierherkam, war ich ein Fremdling in der Stadt. Damals wurde man noch ausgelacht, wenn man nicht Baseldeutsch redete. Also habe ich geschwiegen.

Es gab einen einzigen Ort, an dem ich von Anfang an heimisch war. Das war der Rhein. Wenn wir,
ein paar zugezogene Aargauer und Solothurner, in
der Stadt eine Pintenkehr gemacht hatten, sind wir
um Mitternacht nach Kleinbasel hinüber- und ins
Großbasel zurückgeschwommen. Ich kannte das
von der Aare her.

Später bin ich mit den Kindern ins Rheinbad
St. Johann gegangen. Das war jedes Mal ein span-
nendes Abenteuer, eine Begegnung mit dem Flie-
ßenden, Wilden. Die Enten am Ufer, das Geräusch
der Kiesel auf dem Grund. Das kurze Anlanden
auf dem Brückenpfeiler, das Anvisieren des Stegs.
Ganz anders war das als im Bassin des Gartenbades
Bachgraben, wo das Wasser still stand. Hier zog es,
riss es manchmal fast ein bisschen. Hier musste
man aufpassen.

Kürzlich bin ich wieder einmal im Badehaus
St. Johann gewesen. Es war wie immer. Die übliche
Stammkundschaft, die hier jeweils den Sommer
verbringt, liegend unter dem Sonnenschirm, ein
Buch in der Hand, jassend an einem der Tische.
Der Schatten schon weit draußen bis zur Fluss-
mitte. Das Kleinbasler Ufer hell in der Abend-
sonne.

Nur Bianca vom Kiosk fehlte. Der Tod hat sie
geholt.

Das Wasser, wie immer im Spätsommer, sanft und weich. Nichts mehr von der Härte des Frühsommers. Die Blumen in der Uferböschung von zartem Pastell. Lufttemperatur angenehm, Wasser kühl, erfrischend. Die Kiesel auf dem Grund wegen der geringen Strömung nur schwach zu hören. Ein Aufkommen von Glück, dass ich hier in diesem Strom durch die Stadt schwimmen kann, in der ich wohne, gesund und munter. Die reine Poesie, weshalb auch ich poetisch werde.

Basel ist im Sommer ein einziges Strandbad. Wenn das keine Erfolgsmeldung ist!

Die Schönheit der Klopapierrolle

Meine Tante, die im unteren Aaretal beheimatet war, hat nachhaltig gewirtschaftet. Ihr Mülleimer war der Schweinekübel, in den sie die Küchenabfälle warf, um damit die Sau zu füttern. Sie warf fast nichts weg, sie hat alles zweit- oder drittverwertet. Das Lokalblatt, das sie abonniert hatte, hat sie erst gelesen und dann in handliche Stücke zerschnitten, um diese aufs sogenannt stille Örtchen zu legen. Ihr Mann hat ein Kistchen gezimmert, in das die Papierschnitzel ordentlich hineinpassten. Das hatte den Vorteil, dass man an besagtem Orte Zeitung lesen konnte, wenn auch nur in abgehackten Dada-Sätzen.

Später, als die Kleinbürger im Opel Kadett herumfuhren, am Steuer das Familienoberhaupt, nebenan die sonntäglich herausgeputzte Hausfrau, sah man hinten auf der Hutablage eine Klopapierrolle liegen, für alle Fälle. Allerdings lag dieser alltägliche Gebrauchsgegenstand nie in reiner Nacktheit da, das hätte allzu sehr an seinen Zweck erinnert. Weshalb die sorgende Hausfrau besagtem Gegenstand ein buntes Mäntelchen gestrickt hat. Die Rolle lag zwar klar erkennbar da, aber verhüllt.

Es war die Zeit der Kleiderbügel und Schuhspanner. Und der neu auf den Markt gekommenen Klopapierhalter, die neben den Kloschüsseln an die Wand gedübelt wurden. Erst waren sie aus Holz. Es war klar ersichtlich, ob aus Tannen-, Buchen- oder Eichenholz. Dann waren sie aus Metall. Man wusste nicht, ob aus Aluminium oder sonst einer Legierung. Ein hölzerner Klopapierhalter war im Küchenofen zweitverwertbar. Einen kaputten Halter aus Metall warf man in den Mülleimer, auch wenn man eine überaus grüne Seite hatte.

Auch in meiner Toilette klebt so ein Metallhalter an der Wand, obschon ich ihn nicht benütze und längst zum Teufel wünsche. Ich lasse ihn aus Gewohnheit hängen, schon allein deshalb, weil ich ihn, um ihn zu beseitigen, wegreißen und fortan die leeren Dübellöcher betrachten müsste.

So ein Klopapierhalter besteht aus einem waagrechten Stab, über den die Papierrolle gestülpt wird. Aus einem metallenen Klappdeckel und aus ebenfalls metallenen Sichtblenden zu beiden Seiten. Die ganze Vorrichtung zeigt an, dass da etwas hängt, das zwar notwendig gebraucht wird, das aber dem Auge nicht zugemutet werden kann.

Ich kaufe das Klopapier in 16er-Packungen. Es beruhigt mich, eine solch große Menge Rollen zu haben. Notvorrat für schwierige Zeiten. Zudem hat der Kauf von Klopapier immer etwas Peinliches, etwas von Offenlegung der eigenen Intimsphäre, die in der blütenreinen Antiseptik eines Einkaufscenters fehl am Platze ist.

Ich reiße die Plastikhülle weg und türme die Rollen neben der Kloschüssel aufeinander, so wie es mir einfällt und gefällt. Den Halter an der Wand beachte ich nicht. Jedes Material ist schön, wenn man es richtig darstellt. Es entsteht ein kunstvolles Gebilde, eine Installation. Gutes Material ist das von funktionaler Schönheit, Rolle an Rolle, Blatt an Blatt, reißfest, dreilagig, geprägt, wie auf der Plastikhülle steht. Das beruhigt mich irgendwie, obschon ich nicht weiß, was »geprägt« heißen soll.

Besucher, die mal aufs stille Örtchen müssen und dort meine Installation zu Gesicht bekommen, reagieren alle gleich. Sie ertragen es nicht, dass da ein Rollenhalter unbenutzt an der Wand hängt. Sie stecken eine Rolle hinein, als ob sie meine durcheinandergeratene Welt wieder in Ordnung bringen müssten. Das machen alle so. Und immer, wenn sie weg sind, nehme ich die Rolle wieder aus dem Halter. Es ist offenbar ein Naturgesetz: Wo ein Halter ist, gehört eine Rolle hinein. Sonst wäre der

Halter ja sinnlos. Ein verhüllender Klopapierhalter, wie scheußlich er auch sei, ist offenbar allemal angenehmer anzuschauen als eine formvollendete, blütenweiße Klopapierrolle.

Ich schreibe dies, weil ich in der Zeitung gelesen habe, dass im Guggenheim-Museum in New York seit kurzem ein Klo aus Gold stehe, zur freien Benützung.

Titos Weg zum Großwildjäger

Im Frühling 1969 bin ich zum ersten Mal nach Jugoslawien gereist, auf die Halbinsel Istrien. Im Gegensatz zum übrigen Ostblock, der sich hinter dem Eisernen Vorhang verschanzte, war das ohne jede Schikane möglich. Tito hatte die Grenzen geöffnet.

Tito galt im Westen als ganz passabler Kommunist. Er hatte sich mit seinen Partisanen nicht nur den Sieg gegen die deutsche Wehrmacht erkämpft, sondern auch eine weitgehende Unabhängigkeit gegenüber Moskau.

Ich habe damals gestaunt über die Schönheit Istriens. Über die alten Kirchen, das römische Amphitheater von Pula. Bei Piran hab ich im tiefblauen Meer Delphine springen sehen.

Wenn man über Istriens Geschichte liest, packt einen das nackte Grauen. Heute gehören Istrien und die Dalmatinische Küste zu den beliebtesten Feriendestinationen, romantische Inseln, klares Wasser, freundliche Menschen. Damals, im Zweiten

Weltkrieg, als ich ein Kind war, war in Slowenien, Kroatien und Serbien die Hölle ausgebrochen.

Tito hat mit seinen Genossen die Partisanen-armee aufgebaut. Partisanen galten bei der deutschen Wehrmacht nicht als reguläre Soldaten, sondern als Verbrecher. Hitler hatte den Befehl erlassen, für jeden getöteten Deutschen einhundert und für jeden Verwundeten fünfzig Gefangene zu erschießen.

1943 musste sich Tito mit seinen Leuten aus einem Kessel, in dem sie eingeschlossen zu werden drohten, zurückziehen, samt dem Lazarett mit zweitausend Verwundeten. Dabei mitgeholfen haben italienische Gefangene. Nach der gelungenen Evakuierung wurden die Italiener erschossen. Es war ein grässliches Morden.

Moskau war damals das Zentrum des Kommunismus. Tito ist regelmäßig hingeflogen. Es wurde unentwegt über die richtige Theorie diskutiert, wie die Weltrevolution vonstattenzugehen habe. Wer von der richtigen Theorie, die von Stalin vorgegeben wurde, abwich, wurde erschossen. Tito selber ist einige Male der Erschießung nur knapp entronnen.

Grauslich mutet auch an, wie die Genossen nach ihrem Sieg die jugoslawische Wirtschaft zu entwickeln gedachten. Nach sowjetischem Vorbild erstellten sie einen Fünfjahresplan, der vorsah, dass in der Periode 1947 bis 1951 das Volkseinkommen um 193 Prozent steigen sollte, dass sich die Industrieproduktion verfünffachen und die landwirtschaftliche Produktion verdoppeln würde. Nur wurde übersehen, dass die meisten erfahrenen Leiter der Wirtschaft liquidiert worden waren.

Nach dem Krieg bezog Tito mit seinen Genossen die Prunkbauten des Feudalismus. Die Jagd wurde zum Statussymbol der neuen Elite. Wobei klar geregelt war, wer seinem Rang entsprechend welches Wild abknallen durfte. Tito selbst ist mit seinem rumänischen Kollegen Ceausescu in die Karpaten auf Bärenjagd gegangen.

Ab 1947 war seine Lieblingsresidenz der vor Istrien liegende Archipel Brioni. Er ließ die Inseln aufforsten und zweihundert Stück Hochwild aussetzen. Hier empfing er Gäste wie Liz Taylor und Richard Burton.

Ich finde es noch immer entsetzlich, wie die Idee des Kommunismus von den Kommunisten selber, kaum waren sie an der Macht, desavouiert wurde. Die Verführungskraft der Macht war offenbar so verlockend, dass keiner der Führer widerstand. Honecker, auch er ein großer Jäger, haben sie zum Teufel gejagt, Ceausescu haben sie wie einen räudigen Hund erschossen. Tito hingegen ist bis ins hohe Alter ein angesehener Diktator geblieben. Aber nach seinem Tod hat das Morden in Jugoslawien gleich wieder angefangen. Als Tito auf Brioni seinen neuen Prunkpalast baute, wurden für diese Arbeit Gefangene eingesetzt. Sein Kommentar dazu: »Was es in der Geschichte Großes gab, wurde von Sklaven erbaut.«

Die Schweiz hat nichts Größeres gebaut als eine funktionierende Demokratie.

Die Rehe des Franz Marc

Die eigenen Vorurteile, ohne die kein Mensch auskommt, beruhen auf vorschnellen Urteilen, die man irgendeinmal in seinem Leben gefällt hat. Meist hält man ein Leben lang daran fest, niemand ändert gern seine Meinung.

Dazu zwei Beispiele. Beispiel eins: Wassily Kandinsky. Ich habe das erste Bild von ihm mit ungefähr 18 Jahren gesehen. Eine Reproduktion, deren Titel ich nicht mehr weiß. Eine Komposition aus Linien, einem roten Punkt und Farben, deren Sinn ich nicht begriff. Abstrakte Malerei eben, hypermodern und schon deshalb interessant, aber im Grunde nichtssagend. Ich habe später weitere Reproduktionen von Kandinsky gesehen und dabei mein erstes Urteil nicht geändert.

Beispiel zwei: Franz Marc. Ich habe seine blauen Pferde gesehen, ebenfalls in Reproduktion, sie waren in jedem Kunstlesebuch abgebildet. Ich habe das Urteil gefällt, dass diese Rosse sehr schön seien, fast zu schön. Zu gefällig, zu populär. Und deshalb zu harmlos. Von Marc habe ich später nur wenig weitere Bilder gesehen und deshalb mein frühes Urteil nicht geändert. Nun habe ich in der Fondation Beyeler die Ausstellung über den Blauen Reiter besucht, in deren Zentrum Wassily Kandinsky und Franz Marc stehen. Meine beiden Vorurteile waren im Nu weggeblasen von der Wucht großer Kunst. Ich habe nur noch geschaut. Und gestaunt. Und mich gefreut.

Es ist unglaublich, an was alles man sich in Basel gewöhnt hat. Wenn die städtische Bühne Theater des Jahres wird, nimmt man es einigermaßen gelangweilt zur Kenntnis. Wenn in Riehen einige der schönsten Bilder aus dem Anfang des zwanzigsten Jahrhunderts hängen, findet man es schon fast alltäglich normal. Man fährt mit dem Tram hin – oder eben nicht.

Aus der Kunstgeschichte weiß man, dass um 1910 zum Beispiel in München eine neue Kunst erfunden worden ist. Aber was tatsächlich geschehen ist, kann man nur erleben, indem man sich diese Bilder anschaut. Hier hängen sie, vereint zu einer Offenbarung von Farbe und Form, von Vitalität und Lebensfreude.

Das ist das Großartige an Bildern, dass sie übers Auge gehen direkt ins Hirn hinein. Das kann in einem einzigen Augenblick geschehen, ein Blitz der

Erkenntnis. Man sieht etwas, was aufregend neu ist und doch seltsam vertraut. Man lernt, zu schauen wie am ersten Tag.

Es sind die Farben, die diese Bilder zum Leuchten bringen. Das gilt nicht nur für Marc. Es gilt auch für die frühen Bilder von Kandinsky und für seine späteren Abstraktionen. Diese Farben wurden vor mehr als einem Jahrhundert aufgetragen. Es sind im Grunde alte Bilder. Sie wirken, als kämen sie frisch von der Staffelei. Da hilft keine Reproduktion. Man muss sich persönlich vor diese Bilder hinstellen, man muss sich ihnen ausliefern, um ihre Lebenskraft zu erfahren.

Das alles, was da hängt, wurde kurz vor dem Ersten Weltkrieg gemalt, der Europa planiert hat. August Macke und Marc wurden als Soldaten getötet, Macke mit 27 Jahren, Marc mit 36 Jahren. Zwanzig Jahre später waren die Nazis an der Macht. Sie haben diese Kunst auszurotten versucht, mit Stumpf und Stiel. Etwas vom Verrücktesten, was in der Menschheitsgeschichte geschah.

In Riehen ist zu sehen, dass es den Nazis nicht gelungen ist. Ein später Triumph der Kunst.

Ein Detail noch. Ich habe mich stets gewundert, woher Franz Marc seine innige Beziehung zu den Tieren hatte, die er gemalt hat. Jetzt lese ich in einem Buch von Hildegard Möller, dass er mit seiner

Frau Maria Ende April 1914 ein neues Haus bezog. Zwei Fuhrwerke mit seiner ganzen Habe, wozu auch eine Kiste mit seinen beiden zahmen Rehen gehörte.

In meiner Kindheit hat man sich erzählt, dass man ein Reh nicht zähmen könne. Sperre man es ein, sterbe es.

Franc Marc hat es geschafft, sogar mit Rehen zusammenzuleben.

Zwei Monate nach diesem Umzug ist er ins Militär eingezogen worden.

Landesratsamt, Fachbereich Ordnung

Wer hinten im Wiesental von Todtnau nach Todtnauberg hochfährt, kommt am schönen alten Glasbläserhof vorbei. Die Straße beschreibt dort eine enge Kurve, weshalb die Geschwindigkeit auf dreißig Stundenkilometer beschränkt ist. Da das Landratsamt Lörrach, Fachbereich Ordnung, natürlich weiß, dass dreißig Stundenkilometer von einem unaufmerksamen Autofahrer leicht überschritten werden, führt es an dieser Stelle manchmal Geschwindigkeitskontrollen durch. Alle wissen das in der Gegend, man warnt sich gegenseitig mit Fernlicht, wenn man den kleinen grauen Apparat am Straßenrand stehen sieht.

Ich selber passe meist gut auf. Es kann aber geschehen, dass ich, gedankenverloren, ein bisschen zu schnell durch die Kurve fahre. Dann habe ich zwei, drei Tage später eine Buße in meinem Basler Briefkasten liegen, die zwar nicht als Buße bezeichnet ist, sondern als Verwarnung mit Verwarnungsgeld. Was aber aufs Gleiche herauskommt. Das Verwarnungsgeld beträgt stets zehn Euro. Das ist mir in den letzten Jahren ein paarmal passiert.

Nun habe ich das Problem, dass ich, wenn ich nach Todtnauberg hinauffahre, manchmal vierzehn Tage lang oben bleibe. Unten in meinem Basler Briefkasten liegt aber der Bußenzettel über zehn Euro, zahlbar innerhalb einer Woche ab Zugang des Schreibens. Das heißt, eine Woche ab Zugang des Schreibens wird der Fachbereich Ordnung des Landratsamts Lörrach tätig. Er schickt mir eine zweite Zahlungsaufforderung, diesmal eine etwas höhere. Dann habe ich also zwei Zahlungsaufforderungen in meinem Briefkasten liegen, wenn ich nach Basel zurückkomme. Ich gehe mit der zweiten Zahlungsaufforderung in die Kantonalbank an der Ecke vorn und bitte die Frau am Schalter, den Betrag nach Lörrach zu überweisen.Was ungefähr so viel kostet wie die Buße selber.

Manchmal läuft es aber auch anders, und dann wird es schwierig. Es kann nämlich sein, dass ich die erste Zahlungsaufforderung rechtzeitig aus dem Briefkasten fische und bezahle. Dass aber zu diesem Zeitpunkt bereits eine zweite, mahnende und deshalb etwas höhere Zahlungsaufforderung zu mir unterwegs ist, die sich mit der ersten Zahlungsaufforderung, die ich bereits bezahlt habe, kreuzt. Da ich manchmal etwas gedankenverloren bin, kann es vorkommen, dass ich auch diese zweite Zahlungsaufforderung bezahle. Dass ich also mit anderen Worten, ohne es zu beabsichtigen, das Landratsamt Lörrach mit Einzahlungen gleichsam bombardiere, von denen eine berechtigt ist, die andere aber nicht. Entweder Verwarnungsgeld. Oder Verwarnungsgeld mit Aufschlag. Beides zusammen geht nicht.

Damit fangen die Scherereien, denen ich eigentlich mit prompter Bezahlung aus dem Weg gehen wollte, erst so richtig an. Denn im System des Landratsamts Lörrach leuchten jetzt die roten Lämpchen auf. Es ist etwas geschehen, das in keiner Weise vorgesehen ist. Die Dame im Amt, die meinen Fall behandelt, hat schon alle möglichen Ausflüchte ertappter Temposünder gehört (von Katze gebissen, plötzliche Tollwut), aber noch nie hat sie von freiwilliger Doppelbezahlung gehört.

Sie schreibt mir also einen Brief an meine Basler Adresse, worin sie mich aufklärt, dass ich doppelt bezahlt habe. Was mir eigentlich egal wäre. Denn der Betrag ist so bescheiden, dass ich auf eine Rückzahlung ohne weiteres verzichten würde.

Ein Freund rät mir, direkt aufs Landratsamt anzurufen. Ich versuche es, und es funktioniert tatsächlich. Es meldet sich eine freundliche Dame. Sie entschuldigt sich, es sei eine Kreuzung geschehen. Ich entschuldige mich auch, es sei mein Fehler. Ob sie nicht das Geld behalten könne? Nein, sagt sie, leider nicht. Ob das Amt das Geld vielleicht bis zu meinem nächsten Verwarnungsgeld aufbewahren könne? Nein, das gehe auch nicht. So plaudern wir höflich ein Viertelstündchen über die Grenze hinweg, auf der Suche nach einem Ausweg, wie wir zehn Euro Verwarnungsgeld plus eingekreuztes Aufgeld zurücktransferieren könnten.

Die Frau mit dem roten Schirm

Die Mittlere Straße war bis vor wenigen Jahren eine Autobahn, wo die Elsässer Autos schon früh um fünf ungehindert hindurchrasten. Heute ist sie, dank Tempo 30, schon fast eine Wohnstraße.

Anfang Dezember, morgens um zehn. Ich mache mich auf den Weg in den Kannenfeldpark, wo ich zwei, drei Runden drehen will. Die Sonne hängt tief. Sie wird noch tiefer sinken, bis zum Wendepunkt kurz vor Weihnachten. Viel Licht, aber wenig Wärme, unter null Grad. Die Blätter der Efeuhecke links funkeln, sie hängen gegen drei Meter hoch. Ich schaue, ob ein paar Bienen drin sind. Es sind keine da, es ist zu kalt.

Dies hier ist einer der wenigen Efeus in der Mittleren Straße. Als wir hier einzogen, gab es noch jede Menge davon. Die meisten wurden ausgerissen und durch fremdländisches Gewächs ersetzt, an das sich die Bienen nicht heranmachen, weil sie es nicht kennen. An den Efeu schon. Er ist ein Spätblüher, er blüht bis in den Dezember hinein und verbreitet einen Duft, der schwülstig zu nennen ist. Wäre es ein paar Grad wärmer, würde die Hecke summen vom Bienenvolk.

So ein Efeustock kann 500 Jahre alt werden, wenn man ihn lässt. Ich frage mich, wo die Bienen in dieser Straße eigentlich wohnen. Bestimmt nicht in hohlen Bäumen, es gibt hier keine hohlen Bäume. Vielleicht in Dachstöcken, die noch nicht ausgebaut sind. Aber wie finden sie hierher zum blühenden Efeu?

Dann öffnet sich vor mir der Kannenfeldplatz. Es ist einer der eigenartigsten Plätze Basels, angelegt zu einer Zeit, als die Stadt mit dem freien Land noch verschwenderisch umging. Ein Kreisverkehr mit äußerst großzügigem Durchmesser. In der Mitte ein Kiosk mit öffentlicher Toilette. Hinter der Ladentheke steht der Sohn der Familie aus Sri Lanka, die den Kiosk führt. Er trägt einen roten Tupfen auf der Stirn. Er verkauft vor allem Heftchen. Den *Spiegel* zum Beispiel gibt es hier nicht.

Rechts hinter der Tankstelle ist der Bistroladen, der auch am Sonntag offen hat. Davor stehen ein paar Tischchen. Wenn es nicht so kalt wäre, wären sie besetzt von Leuten, die in einer Sprache reden, von der ich kein Wort verstehe. Eine fast nostalgisch anmutende Proletarierstimmung.

Der Airportbus fährt heran, er schiebt sich vorsichtig zur Haltestelle. Die Leute darin scheinen zu träumen. In anderthalb Stunden werden sie schweben im Sonnenlicht oben, auf die Kanaren oder zu den Elefanten auf Sri Lanka. Rechts unten rauscht der Train rapide aus dem Tunnel.

Vor mir überquert eine alte Frau die Straße. In der Linken trägt sie eine Tasche, in der Rechten einen großen roten Schirm. Nach ein paar Schritten hält sie an, um ein bisschen auszuruhen. Ein Auto bremst, am Steuer eine junge Frau. Sie winkt mir zu, sie lächelt freundlich. Ich fasse die alte Frau am Ellbogen.

»Danke Monsieur«, sagt sie. Sie trägt eine alte Jacke und Hosen bis unter die Knie. Die Fesseln nackt, an den Füßen Pantoffeln.

»Mein Mann ist tot«, sagt sie. »Ich komme nicht mehr gut in die Schuhe hinein, ich kann mich nicht mehr bücken.«

»Kommen Sie«, sage ich, »wir gehen hinüber aufs Trottoir.«

Sie nickt. Wir machen uns auf den Weg, behutsam. Dann bleibt sie wieder stehen. Sie will etwas erzählen. Aber beides, erzählen und gehen, passt nicht mehr zusammen.

»Wir sind drei Häuser«, sagt sie. »Alle drei werden renoviert, die Miete ist dann fast doppelt so teuer. Das wäre mir eigentlich egal. Wenn ich nur im Haus bleiben kann. Ich habe der Verwaltung geschrieben, ob ich eine Parterrewohnung haben kann.«

Die junge Frau im Auto nickt freundlich. Offenbar gefällt es ihr, dass ein alter Mann einer alten Frau über die Straße hilft.

»Vielleicht klappt es ja mit der Parterrewohnung«, sage ich.

»Meinen Sie?«, sagt die alte Frau. Und dann: »Danke fürs Plaudern.«

Vom Vorzug wollener Socken

Der gepflegte Herr von heute achtet vor allem auf seine Füße. Denn auf ihnen steht er, auf ihnen geht er, auf ihnen tanzt er. Deshalb verachtet er die minderwertige Massenware aus Kunststoff, mit welcher der hiesige Markt für Fußbekleidung überschwemmt wird. Der gepflegte Herr von heute trägt ausschließlich von Frauen gestrickte Wollsocken.

In meiner Kindheit haben die Frauen dauernd gestrickt. Beim Radiohören, in der Eisenbahn, beim Kaffeeklatsch. Ein leises Klappern der Stricknadeln, ein Nachziehen des Fadens, ein murmelndes Zählen der Maschen. Sorgfältige, sinnvolle Verrichtungen, die das Reden und das Zuhören begleiteten.

Wir Kinder trugen zur Winterzeit sogenannte Gstältli um den Oberkörper. Das waren Brustgürtel, eng geknüpft, damit sie nicht hinunterrutschten. An ihnen hingen an Elastikbändern die Wollstrümpfe, damit sie nicht hinunterlotterten.

Strumpflotteri, ein Wort, das alle meiner Generation kennen. Strumpflotteri galt als unschön, ja als unanständig.

Die Wollstrümpfe wurden von unseren Müttern gestrickt. Gute Ware von frei lebenden Tieren, enge Maschen, die Knie und Schenkel warm hielten. Auf dem Kopf die handgestrickte Wollmütze mit lustiger Zottel dran, am Leib den handgestrickten Pullover mit eingelismetem Norwegermuster, an den Beinen die handgestrickten Strümpfe, so trotzte man Wind und Wetter.

Nach dem Zweiten Weltkrieg kam die synthetische Textilfaser auf. Niemand wusste, woher sie kam. Nur so viel wusste man, dass Nylon weder vom Schaf noch vom Lamm oder Kamel stammte. Und dass es offenbar viel widerstandsfähiger als Wolle war. Plötzlich war alles aus Nylon. Socken, Strümpfe, Hemden. Bloß gestrickt wurde Nylon nicht. Ich jedenfalls habe nie gehört, dass eine Frau ihrem Mann Nylonsocken gestrickt hätte.

Da ich mich selber als gepflegten Herrn bezeichnen würde (und stets bezeichnet habe), habe ich den Nylonsocken seit ihrem ersten Auftreten entschiedenen Widerstand geleistet. Das heißt, ich habe in den nunmehr fast acht Jahrzehnten, in denen ich auf eigenen Füßen stehe, herumgehe und tanze, an meinen Füßen nie etwas anderes getragen

als Wolle vom Schaf. Niemals dieses leblose Kunst-
stoffzeug, das die Atmung des Fußes so sehr beein-
trächtigt, dass er zum unbeatmeten, eingesperrten
Schweißfuß verkommt. Sondern stets Produkte
aus der Wolle, die es den Schafen ohne weiteres er-
möglicht, bei minus zehn Grad im Tiefschnee zu
überleben.

Kommt hinzu, dass Schafwolle eine nachwach-
sende Ressource ist. Man muss, um an die Wolle
heranzukommen, dem Schaf nicht extra den Kopf
abschneiden. Im Frühjahr ist es ganz froh, wenn
man es vom dichten Wollpelz befreit, so lebt es sich
kühler. Bis in den Winter hinein wächst das Fell
wieder nach.

Ich mag dieses lockere, leichte Wollgefühl an
meinen Füßen. Es geht sich heiter, es tanzt sich be-
schwingt. Die Gedanken denken sich leichter mit
dem Gefühl, die langsam gewachsene Wolle eines
Schafes an den Füßen zu tragen.

Selbstverständlich braucht es jemanden, der es
versteht, die zum Knäuel aufgespulte Wolle durch
schlaues, kluges Stricken oder Lismen in eine ein-
wandfreie Männersocke zu verwandeln. Es braucht
eine Frau, die dies gelernt hat und sich die Zeit
nimmt dafür. In meiner Kindheit lernten die Mädchen dies in der Schule. Wobei dem Vernehmen
nach das Herstellen der Ferse die Hauptschwie-

rigkeit darstellte. Eine Schwierigkeit, der sich die Frauen mit berechnender Entschlossenheit stellten. Mir ist nie zu Ohren gekommen, dass ein Mann, der von seiner Frau geliebt wurde, mit nackter Ferse herumgelaufen wäre. Liebe strickt warme Socken.

Dies ist ein unerhörter Luxus. Der Mann wird die Liebesmüh danken, indem er nie mehr über kalte Füße klagt. Und ab und zu schwebenden Schrittes zum Tanze bittet.

Der Gartenrotschwanz

Mein Bruder war in der Jugend ein genialer Bastler. Wir hatten den *Helvetikus* abonniert, was ein alljährlich erscheinendes Jugendbuch war. Darin standen genaue Anweisungen, wie man zum Beispiel ein Segelflugzeug von anderthalb Metern Spannweite baute oder ein richtiges Paddelboot. Mein Bruder hat beides gebaut. Das Segelflugzeug ist über die ganze Strecke des Zofinger Schießstandes hinuntergeflogen. Mit dem Boot sind wir über den Sempachersee gepaddelt.

Mein Bruder hat nach den Anweisungen im *Helvetikus* auch einen Nistkasten für den Gartenrotschwanz gebastelt. Auf den Gartenrotschwanz ist er gekommen, weil er in unserem Vogelbuch abgebildet war. Ein wunderschöner Zug- und Singvogel. Meiner Meinung nach ist er der schönste im Lande, noch schöner als der Distelfink. Im Vogelbuch ist er wie folgt beschrieben: Gefieder oberseits schiefergrau, an der Stirn weiß, an Gesicht und Kehle schwarz, an Brust und Flanken rostrot, am Bauch weißlich. So sieht das Männchen aus, weil es markieren muss. Das Weibchen trägt, wie meist bei Singvögeln, Tarnfarben.

Wir hängten den Nistkasten an den waagrechten Ast eines Apfelbaumes und warteten gespannt, ob es funktionierte. Wir hatten noch nie einen wirklichen Gartenrotschwanz gesehen und befürchteten, dass sich ein frecher Spatz in den Kasten setzte.

Und siehe da: Eines schönen Morgens Ende März leuchtete der schneeweiße Kopf eines Gartenrotschwanzes durch den Garten.

Seither weiß ich: Wenn man den Vögeln ein Angebot macht, kommen sie auch.

Jahre später hat uns mein Bruder in unserem Haus im Elsass besucht und im Schuppen einen Brutkasten für den Gartenrotschwanz gebaut. Wir haben ihn an den waagrechten Ast eines Birnbaums gehängt. Und siehe da: Ende März sah ich den schneeweißen Kopf eines Gartenrotschwanzes durch den Garten leuchten. Ich habe mich schon auf seinen sanft flötenden Gesang gefreut, aber dann sah ich einen zweiten, weißleuchtenden Vogelkopf. Es waren zwei Männchen, die erbittert um den Brutkasten stritten. Unentwegt, pausenlos, ohne zu fressen.

Das ging mehrere Tage lang so. Dann war nichts mehr zu sehen von ihnen. Ich weiß nicht, ob sie verhungert sind während des Kampfes. Denn ein Gartenrotschwanz sollte eigentlich den ganzen Tag über Mücken jagen und fressen, um überleben zu können. Er macht nur eine Pause, um zu singen. Und natürlich in der Brutzeit. Dann haben beide, Männchen und Weibchen, alle Schnäbel voll zu tun.

Das war das letzte Mal, dass ich einen Gartenrotschwanz gesehen habe. Er steht auf der roten Liste der vom Aussterben bedrohten Vögel. Zum Glück gibt es seinen Verwandten, den Hausrotschwanz. Auch er ist ein wunderschöner Vogel. Laut Vogelbuch ist das Gefieder des Männchens rußschwarz, auf dem Bürzel wie an den Schwanzseiten rostrot, an Kopf, Rücken und Unterbrust aschgrau, am Bauch weißlich. Er hat den Vorteil, dass er auch in Städten heimisch ist. Auch er trifft Ende März bei uns ein, als nächtlicher Einzelreisender. Das heißt, er fliegt durch die Nacht.

Eines frühen Morgens hört man ihn singen. Er ist der Erste im Vogelchor, er beginnt beim ersten Schimmer des Tages. Es ist eher ein feines, zartes Zwitschern denn ein wohlklingender Gesang, als ob er sich wegen der frühen Stunde noch nicht richtig getraute. Erst eine halbe Stunde später setzt der volle Gesang der Amseln ein.

Ich liebe es, im Vogelbuch zu lesen. Ich liebe

diese Vogelpoesie. Wie alle andern Menschen auch liebe ich den morgendlichen Vogelgesang.

Die Vögel sind unsere besten Nachbarn. Sie wohnen gern bei uns, wenn wir ihnen ein Angebot machen.

Traumberuf freier Schriftsteller

Kürzlich hat mir eine junge Dame einen Brief geschrieben. Darin hat sie mir mitgeteilt, sie habe beschlossen, den Beruf einer Schriftstellerin zu ergreifen. Sie habe ihre Stelle gekündigt, um genügend Zeit zum Schreiben zu haben. Sie möchte mich gern treffen, um von mir die nötigen Tipps zu erhalten.

Ich habe mich gedrückt vor einer Antwort.

Ich selber war noch keine dreißig, als ich in meinem neuen Pass als Beruf »Schriftsteller« angab. Und zwar, ohne dass ich in einem richtigen Verlag ein Buch veröffentlicht hatte. Ich tat es, weil ich freier Schriftsteller werden wollte. Das hieß, ich wollte mir die Freiheit nehmen, genau das zu schreiben, was ich schreiben wollte, und damit mein Geld zu verdienen. Ich brauchte dieses aberwitzige Programm, um mich zu befreien vom gesellschaftlichen Druck. Ich hatte studiert, und es wurde erwartet (auch von mir selber wurde es erwartet), dass ich Gymnasiallehrer oder Zeitungsredaktor wurde.

Im Gegensatz zur jungen Dame, die mich um die nötigen Tipps bat, habe ich niemanden um Rat gefragt. Sondern ich habe angefangen zu schreiben. Das heißt, ich habe die Freiheit, die ich mit der Berufsbezeichnung »Schriftsteller« postuliert hatte, tatsächlich ernst genommen. Das war in der ersten Zeit mühselig. Aber dann hatte ich das Glück, ein paar erfolgreiche Theaterstücke zu schreiben. Später hatte ich das Glück, dem Basler Kriminalkommissär Peter Hunkeler zu begegnen. So bin ich finanziell über die Runden gekommen.

Die Schriftstellerei ist kein Beruf. Man kann den Beruf eines Schriftstellers nicht ergreifen. Man kann bloß möglichst gut schreiben. Vielleicht hat man Erfolg, vielleicht auch nicht. Was nicht unbedingt von der literarischen Qualität abhängt.

Dass die Schriftstellerei kein richtiger Beruf ist, erkennt man daran, dass es für Autorinnen und Autoren keine Renten gibt. Das ist einzigartig in unserem schweizerischen Sozialwesen. Alle anderen Berufe sind berentet, außer dem Beruf der Hausfrau.

Der freie Schriftsteller ist eine Erfindung der Neuzeit. Gotthelf war Pfarrherr, Gottfried Keller Staatsschreiber, C. F. Meyer kam aus einer reichen Familie. Erst Friedrich Glauser und Robert Walser waren freie Autoren. Sie waren so vogelfrei, dass sie eine Zeitlang vergessen gingen. Was ein Zeichen

dafür war, dass sich Kunst und Publikum aus-
einandergelebt hatten. Erst Ende der 1960er-Jahre,
als sich die Jugend auf die Suche der eigenen Herkunft machte, wurden sie wieder entdeckt. Damals
wurde der freie Schriftsteller plötzlich zum Traum-
beruf. Wer ein paar Gedichte geschrieben hatte, er-
nannte sich selbst zum Dichter. Dies in der Erwartung, dass die Gesellschaft verpflichtet sei, für ihre
Dichter zu sorgen. Wie sich herausstellte, fühlte
sich die Gesellschaft keineswegs dazu verpflichtet.
Ich habe manchen Kollegen frühzeitig als Bettler
sterben sehen.

Ich hätte der jungen Dame, die mich um Rat
gefragt hat, gern folgende Tipps gegeben: Schreibe,
was du schreiben willst. Schreibe mit ausgebreite-
ten Flügeln. Schreibe am Abend und am Wochenende. Versuche, etwas zu veröffentlichen, auch
wenn es äußerst schwierig ist. Lasse nicht locker,
bleibe bei deiner Sprache. Denn das Erzählen, das
Mitteilen, das Spiel mit den Wörtern, die uns allen
gegeben sind und die uns alle verbinden, ist das
Schönste, Beste, was uns bleibt. Aber mache dich
nicht von Beginn an vogelfrei. Sonst droht dir der
Verlust der Realität. Und diese bleibt in jedem Fall
der Maßstab für Literatur.

Ich habe der Dame diesen Rat nicht erteilt. Denn
sie muss selber herausfinden, was sie will.

Ein afrikanisches Entrecôte

Eine befreundete Theaterregisseurin ist kürzlich zwei Wochen in Burkina Faso gewesen, um an einem Theaterprojekt zu arbeiten. Sie hat zweierlei erzählt: Erstens seien die Leute dort voll Neugier und unglaublicher Spielfreude. Voller Lebenslust und im Spiel voller Menschenwürde. Da zweitens niemand da sei, um den Abfall wegzuräumen, würden sie im eigenen Abfall leben. Keine Rede könne sein von zuverlässiger Zufuhr von sauberem Wasser und Elektrizität. Keine Rede von geregelter Ausbildung, von planbaren Lebensläufen. Die dreizehnjährigen Mädchen hätten meist schon ein Kind. Es sei, hat meine Freundin erzählt, für sie in keiner Weise absehbar, wie sich die materiellen Bedingungen der Leute verbessern könnten. Im Gegenteil, es werde, da tagtäglich weitere Leute in die Hauptstadt kämen, jeden Tag schlimmer.

Ich selber bewohne eine Dreizimmerwohnung in der schönen, alten Stadt Basel. Ich beziehe von der AHV, der Rentenversicherung, jeden Monat eine Summe, von der in Burkina Faso eine ganze Sippe gut leben könnte. Wenn ich in Basel bin, gehe ich jeden Morgen ins nahe Café an der Ecke, lese Zeitung und trinke Kaffee. Bei warmem Wetter sitze ich draußen und höre dem wunderschönen Brunnen gegenüber zu, der aus drei Strahlen einwandfreies Trinkwasser in den Brunnentrog ergießt. Wenn es heiß ist, baden Kinder darin, sie spritzen, sie schreien, eine helle Freude.

Manchmal fahre ich das Flüsschen Wiese entlang in den Schwarzwald hinein, eine Stunde bis Todtnauberg auf tausend Meter Höhe. Eine herrliche Luft, eine himmlische Ruhe. Dunkle Wälder, in denen man über Stunden einsam spazieren gehen kann. Ab und zu besuchen mich meine Kinder hier oben, abends tafeln wir in der alten Wirtsstube, mit einem Spätburgunder vom Kaiserstuhl.

Womit habe ich das verdient? a) Zufall? b) Weil ich besonders schlau bin? c) Weil mich der Christengott besonders mag?

Ich habe ein gescheites Buch über die Entwicklung des Maschinengewehrs gelesen. Die Briten haben es im Jahre 1898 im Sudan zum ersten Mal in großem Stil gegen ein Heer von 50 000 Sudanesen, die die fremden Eindringlinge vertreiben wollten, eingesetzt. Die Hälfte der 50 000 wurde niedergemäht. Die Briten selber verloren 48 Mann.

Was soll das, Schwarzwaldruh und Maschinen-
gewehrgetacker? Eigentlich nichts, liebe Leserin,
lieber Leser. Es ist mir halt in den Sinn gekommen.

Neulich habe ich in jenem Basler Café an der
Ecke einen alten Freund getroffen. Er ist Journalist,
spezialisiert auf abwegige Themen wie die Zerstörung des Urwaldes oder Afrika. Er hat einen guten
Namen. Er war offenbar eben von einer Reise nach
Afrika zurückgekommen. Doch, es gehe ihm gut,
alles so weit in Ordnung, behauptete er.

Dann habe ich gemerkt, dass er, der sonst stets
einen kraftvollen Optimismus verströmt, depressiv war. Dass ich ab und zu depressiv bin, gehört
längst zu meinem Berufsbild. Aber er? Wer soll
denn noch optimistisch sein, wenn nicht er?

In Ostafrika, hat er erzählt, sei es so, dass die
Nomadenhirten wegen Überweidung und Dürre
ihre Herden immer häufiger in die Ebenen hin-
untertreiben, die ohnehin schon übervölkert seien.
Einen Ausweg gebe es nicht. Mord und Totschlag
seien die Folge.

In der *Welt am Sonntag* lese ich unter dem Titel
»Invasion der Hirten« einen ausführlichen Artikel
über Kenia, wo offenbar schwerbewaffnete Viehtreiber ihre Herden auf das Gebiet von Farmern
treiben. Preisfrage: Wer verzehrt dieses Fleisch?

a) Die Viehtreiber? b) Die Farmer? c) Feinschmecker in Basel, zu denen eventuell auch Hansjörg Schneider gehört?

Abschied von Miriam Goldschmidt

Es war 1969, in der zweiten Saison der Ära Düggelin am Basler Theater. Damals war Friedrich Dürrenmatt größenwahnsinnig geworden. Er hatte vor, die dramatische Weltliteratur umzuschreiben. Er hat eine neue, eigene Fassung des Stückes *Titus Andronicus* von Shakespeare geschrieben, die Hans Hollmann inszenieren sollte, im alten Basler Stadttheater. Hans Hollmann fand diese Fassung offenbar nicht gut. Er hat eine eigene gemacht, zusammen mit Chefdramaturg Hermann Beil. Sie hieß *Titus Titus*.

Es war die Zeit, in der das Stadttheater nicht nur geographisch im Zentrum stand, sondern auch gesellschaftlich. Es gab in Basel sechs Zeitungen, die über die Premieren berichteten. Es gab Diskussionsanlässe, die das alte Stadttheater mit seinen tausend Plätzen ohne weiteres füllten. Man konnte das überalterte Premierenpublikum schockieren, wenn man das wollte. Dafür kamen die Jungen.

Titus Andronicus von Shakespeare ist ein grausames Stück mit vielen Toten. Daraus machte Hollmann einen Reigen von Brutalität, Vergewaltigung und Mord. Und es hat funktioniert. Die Zuschauer verließen das Theater scharenweise, die Türen knallten. Im Großen Rat gab es heftige Debatten darüber, was man im Theater darf und was nicht.

Hollmanns Inszenierung begann damit, dass das große Portal auf der Rückseite der Bühne von jungem Volk aufgedrückt wird. Die jungen Wilden finden einen alten Text von Shakespeare. Es ist *Titus Andronicus*, die Jungen spielen den Text nach ihrem Gusto. Damals drängte die Jugend, die einen gesellschaftlichen Brennpunkt suchte, ins Theater. Unter den jungen Wilden, welche die Bühne enterten, waren Leute wie Volker Hesse, Xavier Koller, der blutjunge Daniel Vischer. Auch ich war dabei.

Lavinia, die vergewaltigt wird, wurde gespielt von der 22-jährigen, dunkelhäutigen Miriam Goldschmidt. Die ersten Jahre hat sie in Heimen verbracht. Sie hat dann die Schauspielschule von Jacques Lecoq in Paris besucht. In Basel lernte sie damals den Schauspieler Urs Bihler kennen, die beiden haben geheiratet. Sie hat weiterhin in Basel gespielt und ging 1971 zu Peter Brook ans Theater Bouffes du Nord im Norden von Paris, wo etwas später auch Urs Bihler spielte.

Peter Brook verbrachte mit seiner Truppe längere Zeit in Afrika. Dort hat er einen eigenen, unerhört expressiven Stil entwickelt. Ich habe in Paris seine Aufführung *Les Iks* gesehen, eine der großartigsten Produktionen, die ich je erlebt habe. Thema war die Zerstörung afrikanischer Kultur und Identität. Etwas, was auf der Bühne eigentlich unmöglich ist, weil es sofort ins Unglaubhafte abkippt. Brooks Leute haben es geschafft, dass man bis zum Schluss zuschaute, gebannt, erschüttert.

Später ist Miriam ein Star in Berlin geworden. Sie hat mit Werner Düggelin gearbeitet. Mit Peter Zadek, Peter Stein, Luc Bondy, George Tabori. Ich habe sie einmal zufälligerweise im Kleinbasler Klingental getroffen, wo es ihr offensichtlich wohl war. Das Klingeli hat ja tatsächlich etwas von einer authentischen Großstadtkneipe. Miriam, wie immer schön und adrett gekleidet, war von einer Neugier und menschlichen Offenheit, die jedes Gespräch mit ihr zum Erlebnis machten.

Nun ist sie, Mitte August 2017, gestorben an einer Krebserkrankung. Sie wusste, dass nichts mehr zu machen war. Ihr Sohn hat sie in einem Hospiz in Stetten / Lörrach untergebracht. Dort hat sie bei ihrem Siebzigsten noch einmal Hof gehalten. Der 92-jährige Peter Brook hat sie besucht, um Abschied zu nehmen von einer großen Schauspielerin, von einem auch mir sehr lieben Menschen.

II

Aus meinem Leben

Apfelpoesie

Leider hat ja die Eva im Paradies der verführerischen Schlange nicht widerstehen können. Sonst würden wir immer noch im Garten Eden leben und den ganzen Tag tanzen und singen. Aber das Weib hat eben gesehen, dass von einem bestimmten Baum, der eigentlich verboten war, gut zu essen wäre, und dass er lieblich anzusehen und ein lustiger Baum wäre, weil er klug machte. Und sie nahm von der Frucht und aß und gab ihrem Mann auch davon. Und der Trottel Adam ist darauf hereingefallen.

So steht es in der Bibel. Und so hat uns im Kindergarten die Tante Lisa die Geschichte vom Sündenfall erzählt. Mit einem Unterschied allerdings. Sie hat nicht von irgendeiner Frucht geredet wie die Bibel, sondern von einem Apfel. Was mich schon damals gewundert hat. Warum sollte ein Apfel so verführerisch sein, dass Adam sich nicht mehr beherrschen konnte? Die lagen doch in jedem Straßengraben.

Später, als ich die Märchen aus Tausendundeiner Nacht las, habe ich aufs Neue gestaunt. Hier reiten einsame Prinzen durch wilde Einöden, erreichen mit letzter Kraft eine Oase, legen sich zu Tode ermattet in den Schatten und werden auf wundersame Weise gerettet. Es nähert sich nämlich eine mandeläugige Prinzessin und reicht dem verschmachtenden Prinzen eine Frucht. Orange, Dattel oder Banane? Nein, einen Apfel.

Wie kommen die Leute dazu, einen Apfel als köstlichste aller Früchte darzustellen? Ist ein Apfelbaum wirklich lieblich und lustig anzuschauen, macht ein Apfel tatsächlich klug?

Inzwischen habe ich Dutzende von Sündenfall-Darstellungen gesehen, Werke alter Meister. Da ringelt sich eine schillernde Schlange um einen Baum, oft hat sie einen Frauenkopf. Im Mund trägt sie einen wunderschönen Apfel. Und der blöde Adam staunt.

Ich bin mit Äpfeln aufgewachsen. Sie waren omnipräsent, vom Spätsommer bis ins Frühjahr hinein. Dann gingen die letzten aus. Dafür spross der erste Rhabarber. Ein kluges Apfelsystem war das, um uns rund ums Jahr mit Vitaminen zu versorgen. Gut, es gab auch den Kohl und den Sellerie und die Karotten. Die blieben auch lange frisch, wenn man sie einen halben Meter in die Erde einschlug und mit Laub bedeckte. Aber dieses Gemüse hat nicht die durchschlagende Symbolkraft, die sich durch Jahrtausende hält. Ich glaube jedenfalls nicht, dass Eva ihren Adam mit einem Kohl hätte verführen können.

Das Jahr des Apfels begann mit Klara. Das war ein kleiner Baum in Nachbars Garten, der ein paar Äste zu uns herüberstreckte. Was auf unseren Grund und Boden fiel, gehörte uns. Das hat mir der Vater erklärt. Es gab auch nie Streit deswegen. Denn die Klaraäpfel hatten die Angewohnheit, hart und grün am Baum zu hängen. Dann plötzlich waren sie reif und fielen beim leisesten Schütteln alle miteinander herunter. Man musste sie gleich aufessen, sonst wurden sie möltsch.

Vorn bei der Brücke wuchs der Gravensteiner. Sein Stamm war so dick, dass man nicht hinaufklettern konnte. Dieser Baum war unnahbar, wir haben nicht einmal versucht, ihn zu schütteln. Ende der Sommerferien veränderten die Äpfel im Laub oben, faustgroße Riesendinger, ihre Farbe, das Grün sprenkelte sich auf in gelbe und rote Flecken. Eines Morgens lag der erste Gravensteiner im Straßengraben. Man schaute, dass keine Wespe darauf saß, und biss hinein ins feste, saftige Fleisch.

Ennet dem Bach war der Bauernhof. Dort standen zwei turmhohe Birnbäume, Mostbirnen. Die

Früchte hingen zu Tausenden oben, ein wunderbares Bild, erinnernd ans gesegnete Land der Bibel.

Plötzlich waren die Birnen gelb und fielen herunter. Man hat kaum eine gefunden. die noch ganz war. Sie waren alle aufgeplatzt. Offenbar war die Fallhöhe zu groß. Trotzdem haben wir versucht, sie zu essen.

Teils waren sie zu sauer, teils zu hart, mit holzigen Stellen. Wir hatten bald raus, dass sie zum Anschauen schöner waren als zum Essen.

Eines Nachmittags hat der Bauer mit einer unglaublich langen Stange auf die Äste geschlagen bis ganz hinauf, dass es richtiggehend herunterregnete. Die Magd kam und der Knecht, und auch wir durften helfen, die Früchte in Körbe einzusammeln. Sie wurden in die Trotte geleert, aus der gelber, seltsam süßer Most herausrann.

Most, möltsch, raglen? Eigentümliche Wörter sind das, als ob der letzte aargauische Bauerndichter das Wort hätte. Aber nein, das ist Apfelpoesie. Also weiter im Text.

Der Sauergrauch vorne in der Wiese. Der beste frühe Apfel, den ich kenne. Der Baum halbhoch, kein Muskelprotz, aber ungemein zuverlässig. Der war jedes Jahr vollbehangen. Kein Lagerapfel, man musste ihn gleich essen oder vermosten. Er war tatsächlich säuerlich, aber von so einer lieben Säure, dass heimlich die Süße durchdrückte. Ich denke, es war ein saurer Grauch, mit dem Eva ihren Adam kirre gemacht hat.

Die Berner Rosen haben mich immer an Mädchen erinnert. Herrlich anzuschauen, makellos und unnahbar, wie sie im Laub hingen, im Grunde zu schön, um gegessen zu werden. Trotzdem habe ich hineingebissen, sie schmeckten eigentlich ganz gut.

Es standen bestimmt dreißig Apfelbäume im Baumgarten. Einige hat der Bauer regelmäßig geschnitten. Andere ließ er treiben, wie sie wollten. Vor allem zu den Winteräpfeln wurde Sorge getragen. Die mussten makellos auf die Hurden im Keller gelegt werden, sonst drohte die Gefahr, dass sie faulten. Man stieg mit einem Apfelsack aus Jute auf die Leiter, griff sich einen der noch unreifen Äpfel, drehte ihn leicht, bis sich der Stiel löste, und legte ihn behutsam in den Sack. Unten standen die Körbe, die langsam voll wurden.

Vor allem Glockenäpfel und Boskoop. Der Boskoop, so lese ich im Duden, kommt ursprünglich aus dem niederländischen Boskoop.

Also ein Emigrant, der sich wohl fühlt bei uns. Der Glockenapfel heißt so, weil er einer Glocke gleicht. Beide sind charakterfeste Äpfel, die bis in den Februar hinein frisch bleiben.

Der Glockenapfel ist gut zum Rohessen, aus dem Boskoop macht man die besten Apfelwähen und Öpfelchüechli.

Die Renette ist nett, lieblich und angenehm, der Lederapfel hart und ledrig, der Weihnachtsapfel knallrot wie bemaltes Plastik. Diesen hat man an den Weihnachtsbaum gehängt.

Eine uralte Sorte, die man heute kaum mehr antrifft, ist der Bohnapfel. Ein Tiefstapler, unscheinbar, heimlifeiss. Meine Großmutter hatte so einen Baum im Garten stehen. Ich habe seither nie mehr einen Apfelbaum gesehen, der jeden Herbst so graglet voll war. Seine Äste mussten regelmäßig abgestützt werden, sonst wären sie gebrochen. Grünlich-rote Früchte, nicht besonders schön, Bütschgi und Stiel klumpig wie Bohnen.

Meine Großmutter hat alle diese Äpfel sorgfältig abgelesen und in den Keller getragen. Dann hat sie schlau gewartet. Im Februar, wenn sie den letzten verschrumpelten Glockenapfel gegessen hatte, hat sie die ersten Bohnäpfel von den Hurden geholt. Die lagen da, als hätten sie einen erfrischenden Winterschlaf gemacht, die waren erst jetzt richtig reif. Bei Großmutter hat es jeden Tag Apfelschnitze gegeben, mit Zucker und einer Prise Zimt.

Ich esse noch heute oft Äpfel. Ich kaufe sie in

einem Laden, der alte Sorten feilbietet. Das erinnert mich an meine Jugend, an meine Apfelzeit. Ich bin noch immer so stolz, dass ich die neuen Sorten verschmähe. Ich mag die nicht, die schmecken wie ein Coiffeursalon. Irgendwann muss man ja Charakter zeigen.

Manchmal kaufe ich aber auch Orangen und Bananen, eine Mango und Kiwis. Die sind auch lieblich und lustig anzuschauen. Auch sie machen klug, wenn man ein bisschen nachdenkt.

Mein Schulweg

Man könnte eine Geschichte des Schulwegs schreiben, um zu zeigen, wie sehr sich im Laufe von wenigen Generationen die Welt verändert hat.

Mein Vater beispielsweise ist in Würenlingen aufgewachsen und hat noch vor dem Ersten Weltkrieg die Dorfschule besucht. Ich habe ein Foto von ihm, das ihn als Primarschüler zeigt. Ein Landbub steht da vor mir in knielangen Hosen, kahlgeschoren und barfuß, misstrauisch in die Kamera linsend.

Mit zehn ist er in die Bezirksschule nach Brugg gegangen, jeden Tag zwei Stunden hin, zwei Stunden zurück. Erst durch die Felder zur Station Siggenthal, dann über die Brücke bei Stilli, die Aare entlang bis zur Brücke bei Brugg, wo der alte schwarze Turm steht. Über Mittag, so hat er erzählt, hat er eine Suppe mit Brot bekommen, zusammen mit anderen Landkindern. Das alles sei nicht unangenehm gewesen. Nur im Winter bei

Schneematsch seien die Füße den ganzen Tag nicht mehr trocken geworden.

Ich stelle mir vor, wie er sich jeweils auf den Weg gemacht hat, im Frühjahr bei aufgehender Sonne, im Spätjahr bei Dunkelheit. Wie er die Wolken begutachtet hat, den Westwind, den Ostwind. Wie er durch die Landschaft gewandert ist, durch pure Natur. Wie er am Abend müde nach Hause kam.

Mein Vater ist zeitlebens ein Wanderer geblieben. Jeden Abend ist er zum Wald hinaufgestiegen, um eine Stunde darin herumzugehen. Er war heimisch dort oben.

In vielen Dingen habe ich ihn nicht gut verstanden, und er mich noch weniger. Er hat nicht begriffen, was ich eigentlich wollte, die Welt hatte sich zu sehr verändert. Ich habe immer wieder versucht, ihn zu lieben, indem ich mir vorstellte, wie er mit dem Schulranzen am Rücken zwei Stunden durch Regen oder Schnee die Aare entlangwandert.

Oder meine beiden Kinder. Sie sind in einer Dreizimmerwohnung in einem Basler Vorort aufgewachsen, gegen das Elsass hin. Ihr Schulweg dauerte nur fünf Minuten. Ob es regnete oder Schnee lag, war ziemlich egal, es gab ja Plastikstiefel.

Hätte eines nasse Füße gehabt, wäre es wohl

sogleich heimgeschickt worden wegen Erkältungs-
gefahr.

Das einzige Problem war die Straße, auf der die
Laster zur nahen Kiesgrube rollten. Zum Glück
gab es eine Fußgängerunterführung. Das hatten
unsere Kinder schnell kapiert. Ich glaube, sie fanden es spannend, ein Stück weit unter Tag zu wan-
dern.

Spannend waren vor allem die vielen anderen
Kinder, die aus den Häusern nebenan kamen. Ich
habe gestaunt, wie leicht sich die beiden in ihrer
Umwelt zurechtfanden, wie spielend sie sich sozia-
lisiert haben. Ich staune noch heute, wenn ich sie in
Gesellschaft ihrer Freundinnen und Freunde sehe,
wie locker und schön sie zusammen sind.

Ich habe verwundert zur Kenntnis genommen,
wie sie meinen Vater gerngehabt haben. Sie haben
ihn verehrt. Und wenn er ihnen etwas aus seiner
Jugend erzählt hat, wie er zwei Stunden durch
Schnee zur Schule gestapft ist, haben sie Augen
und Ohren aufgesperrt, wie mein Vater das genannt hätte, hätte er es überhaupt benannt. Er hat
selten einen Kommentar abgegeben.

Ich selber bin in Zofingen aufgewachsen, in der
Altachen genau. Altes Bauernland, mehrere Höfe
gegen Brittnau zu. Daneben an die zwanzig Einfamilienhäuser, bewohnt von sogenannt kleinen

Leuten. Ein Bach mit Schwertlilien, Forellen und Wasserratten vor der Haustür, eine Idylle.

Schon früh hat mich meine ältere Schwester in den Kindergarten mitgenommen, eine halbe Stunde zu Fuß. Erst den Bach entlang bis zum Bahnübergang.

Die Färberei links mit der Sirene auf dem Dach, die ab und zu aufheulte. Dann galt es, möglichst schnell heimzurennen.

Der Kamin der Färberei, unglaublich hoch aufragend. Wenn man genügend lang hinaufschaute und den Blick nicht abwandte, standen die Wolken still, und plötzlich glitt die Kaminspitze durch den Himmel. Dann fiel man fast hin.

Manchmal warf ich einen Blick in den Färbereihof, wo Lastwagen entladen wurden, Fässer und Ballen. Das taten Männer, Arbeiter eben. Eine fremde Welt für mich. Gestalten in Arbeitskleidung, stark und knochig, seltsam hart aussehend. Sie schienen keine Zeit zu haben, um zur Kaminspitze hinaufzuschauen.

An der Luzernerstrasse vorn die Garage Lässer, die eine Tankstelle hatte. Dort stand eine Linde, die war hohl. Ein Uhu wohnte darin. Man sah ihn nur, wenn Herr Lässer auf einer Leiter hochstieg, seinen Arm hineinschob und wieder zum Vorschein brachte. Dann saß ein großer Vogel darauf, der staunend die Lider bewegte, als würde ihn diese Tageshelle nichts angehen.

Links die Gärtnerei mit den Couchen, worin die Setzlinge gezogen wurden. Dort duftete es nach feuchter Erde, nach Torfmull.

Kohlraben, Sellerie, Lauch, auch Begonien und andere Blumen. Die Tomatensetzlinge wuchsen in kleinen Töpfen. Wenn man sie heraushob, sah man das Gewirr der weißen Wurzeln.

Auf der anderen Seite der Straße standen Villen. Die eine war ein richtiges Schloss. Treppen führten hinauf, geschwungen, weit ausladend. Dazwischen ein Springbrunnen, dessen Strahl in ein Becken zurückfiel, das ich mir marmorn vorstellte. Drum herum Büsche und Bäume, undurchdringlich, wie es schien. Durch eine Lücke sah man eine Frau stehen, sie war aus Stein.

Weiter vorn der Bettlerbrunnen mit zwei Steinbänken, schön gemacht zum Sitzen und Trinken. Der sei extra für die armen Leute da, hat meine Mutter gesagt, damit sie den Durst löschen konnten, ohne bezahlen zu müssen.

Dann das Städtchen mit Läden und Beizen, organisch gewachsen wie ein Wald.

Ich bin diesen Weg immer gern gegangen, hin und zurück. Ich habe dabei die Historie erlebt, von der auch ich ein Teil war. Die Unterschiede der Klassen, wie Marx das genannt hat. Die Einfamilienhäuser in der näheren Umgebung. Es gab noch keine Blöcke, die wurden erst nach dem Krieg gebaut jenseits des Baches. Die Bauern, die wirtschafteten wie vor hundert Jahren. Die Eisenbahnlinie, auf der nachts die Güterzüge nach Süden rollten, von denen niemand etwas Genaues wissen wollte, es war ja Krieg. Die Färberei, die Arbeitswelt. Die Tankstelle, wo ab und zu ein Plymouth oder ein Pontiac stand. Chromleisten wie Silber, Sitze aus hellem Leder.

Am Steuer ein Mann, der wusste, was er wollte, und das auch erhielt. Die Villen der Gründerjahre, in denen auch Kinder wohnten, freundliche Kameradinnen und Kameraden. Aber sie waren eben doch etwas anderes.

Einige Male habe ich den alten Ringier gesehen, der eine Villa am Heitern oben, mitten im Bauverbot, stehen hatte. Er hat mir enorm imponiert. Er trug Lederhandschuhe und führte zwei Doggen an der Leine. Ich habe nie gewagt, ihn zu grüßen.

Die Luzernerstraße wurde befahren von wenigen Autos und von Pferdewagen der Bauern, die aus Brittnau oder Wikon kamen, um im Städtchen einzukaufen. Sie hockten auf dem Bock, als würden sie schlafen, das Pferd wusste den Weg. Man konnte aufspringen auf die Ladebrücke, wenn man geschickt genug war, und ein Stück mitfahren.

Man konnte sich auch hinten an die Bindbaumwinde hängen. Das war zwar offiziell nicht erlaubt, aber den Bauern war es egal. Sie haben kaum den Kopf gedreht.

Ein Ort ohnegleichen war die Bäckerei Buchmüller, wo wir unser Brot herhatten. Ein internierter Pole arbeitete dort, der hieß komischerweise Faust.

Ein immerzu fröhlicher Mann, was uns Kindern gefiel. Crèmeschnitten und Crèmecornichons, Zehnermocken aus Karamell. Ich habe nie Taschengeld erhalten, mein Vater fand das unnötig. Vreni Roth, die den gleichen Schulweg hatte wie ich und aus einer wohlhabenden Familie kam, hat mir ein paarmal so einen Mocken gekauft. Ich werde ihr das nie vergessen.

Im Städtchen drin haben sich die Unterschiede aufgelöst. Hier waren alle ungefähr gleich, das hat mir gefallen. Es gab zwar den Schlüssel und das Fédéral, billige Träschspunten für die Proleten. Und es gab den freisinnigen Sternen.

Aber die mittelalterlichen Gassen hatten eine unglaubliche, sanfte Integrationskraft. An Markttagen war der Platz vor der Schmiedstube voller Gehege mit jungen Hunden und Kaninchen drin.

Und auf dem Thutplatz standen hundert Kühe und schissen das Pflaster voll.

Zofingen schien mir eine gesellschaftliche Einheit zu sein, trotz Villen und Träschspunten. Es hat so etwas wie eine Unité de doctrine gegeben. Man war der Meinung, an einem wunderschönen Ort zu leben. Man war gegen die Nazis, ich habe nichts anderes erfahren. Und man war sich sicher, die anstehenden Probleme mit gutem Willen und Fleiß lösen zu können.

Wahrscheinlich idealisiere ich meinen Schulweg zu sehr, so wie wohl jeder Mensch einen Teil seiner Jugend idealisiert. Auch habe ich die Betonköpfe, die uns mit Gehirnwäsche und Schlägen die Individualität auszutreiben versuchten, keineswegs vergessen. Ich habe ihre sture Lieblosigkeit nie verstanden. Ich wünsche sie noch heute zum Teufel, wo sie für alle Zeiten gegrillt werden sollen.

Einer zum Beispiel, wir hatten ihn in der dritten und vierten Primarschule, hatte einen Haselstecken in der Ecke stehen. Er bestrafte nach einem festgelegten Tarif. Für leichte Vergehen gab es drei Tatzen, für schwere zehn, mit aller Kraft über die Innenseite der ausgestreckten Hand gezogen.

Einer aus unserer Klasse, der in der Ringmauer wohnte, konnte keinen Satz ins Heft schreiben, ohne einen Tolggen fallen zu lassen, einen Tintenklecks. Das war ein Kapitalverbrechen. Der Lehrer stellte sich mit dem Stecken hinter ihn und hieb ihm bei jedem Tolggen eins über den Kopf.

Nach dem zehnten Tolggen schleppte er den Untäter, wie vorher angedroht, nach vorn, nahm ihn übers Knie und hieb ihm mit aller Kraft zehn Mal den Stecken auf den Hintern. Ich weiß noch, wie sich der Junge weinend an seinen Platz zurückschleppte, für alle Zeiten ein gebrochener Mann.

Genützt hat's natürlich nichts, meinem Kollegen fielen weiterhin Tolggen von der Feder. Wie ja all dieses Dreinschlagen nichts genützt hat, den Lehrern nicht und den Schülern nicht. Es war sinnloser Terror.

Zum Glück haben uns diese Schlägertypen auf dem Schulweg nichts anhaben können. Hier waren wir autonom und haben unsere Umwelt auf unsere eigene Art zur Kenntnis genommen. Und zum großen Glück gab es auch noch die Frauen, die zwar nicht viel zu sagen hatten. Sie wirkten im Verborgenen, haben aber umso eindringlicher auf uns eingewirkt. Meine Mutter zum Beispiel, die Tante Lisa im Kindergarten, das Fräulein Kunz in den beiden ersten Primarklassen. Die waren lieb zu uns, die haben uns ernst genommen. Ich verneige mich vor ihnen in Dankbarkeit, sie sollen im Himmel jubilieren.

Mein dramatischer Augenöffner
Über Friedrich Schiller

Es gibt drei Dramatiker, die für mich bestimmend waren: Schiller, Shakespeare und Brecht.

Shakespeare habe ich im Gymnasium entdeckt. Eine Tante von mir hatte seine sämtlichen Werke, die hat sie mir geschenkt. Ich habe jeden Abend darin gelesen bis um Mitternacht, bis ich hindurch war. Es waren die romantischen Übersetzungen. Ein rauschhaftes Verschlingen war das, kein genaues Verstehen. Es war Shakespeares Sprachgewalt, die mich gepackt und erschüttert hat.

Brecht habe ich erst an der Universität Basel kennengelernt. Auch seine Stücke habe ich zuerst gelesen und erst dann gesehen. Er war ja Kommunist und wurde damals nur selten gespielt. Auch bei ihm war es die Sprache, die mich gepackt hat. Seine klaren, handgreiflichen Sätze. Wörter zum Anfassen.

Mein erster dramatischer Augenöffner war indessen Friedrich Schiller. Wir haben, wie das üblich war damals, in der vierten Bezirksschulklasse seinen *Wilhelm Tell* gelesen, mit verteilten Rollen, wir waren eine Bubenklasse. Dieses Stück hat es vermocht, uns aus unserer Reserve zu locken ins dramatische Pathos hinein. Wir haben uns die Seele aus dem Leib geschrien. Wie haben wir den Bösewicht Gessler gehasst. Der war ja noch schlimmer als Winnetous Gegenspieler Santer.

Mit 16 Jahren habe ich in einem Aarauer Antiquariat mein erstes Buch gekauft. Es war ein Band Schiller mit den *Räubern* und *Don Karlos* drin. Beide habe ich gleich verschlungen, beide waren mir aus der Seele geschrieben. Das ist eine von Schillers Hauptqualitäten: Er ist nicht nur ein Autor für die gebildeten Schichten, sondern auch einer für die ungebildete Jugend. Deshalb ist er zum populärsten deutschen Dramatiker geworden. Schiller hat mir zum ersten Theaterauftritt verholfen. Eines Morgens hing am Anschlagbrett der alten Kantonsschule Aarau ein Zettel, worauf vier Statisten für eine Aufführung im Saalbau gesucht wurden, *Kabale und Liebe,* gespielt vom Berner Stadttheater. Ich meldete mich mit drei Klassenkameraden. Wir wurden eingekleidet und angewiesen, auf einen bestimmten Satz der Lady Milford hin deutliche Zeichen des Erschreckens von uns zu geben.

Dann wurden wir auf die Bühne geschubst. Ich

weiß noch, wie ich die Lady Milford angestaunt habe, ich war hingerissen von der Bühne, vom Licht. Plötzlich sah ich, wie meine drei Kameraden entsetzlich erschraken. Was haben die denn?, habe ich gedacht. Dann habe ich gemerkt, dass ich den Satz verpasst hatte.

In jener Zeit habe ich Schillers *Räuber* gesehen. Der Schauspieler, der den Karl gespielt hat, muss ein begnadeter Tragöde gewesen sein. Ich war aufgewühlt, ich fühlte mich verstanden wie noch nie. Das ist mir sonst nur noch bei einer Aufführung von Osbornes *Blick zurück im Zorn* passiert. Ich finde es schon sehr erstaunlich, dass ein Stück aus dem 18. Jahrhundert so direkt zu einem Aargauer Gymnasiasten von 1955 sprechen konnte.

Später habe ich an der Uni Basel bei Professor Walter Muschg eine Seminararbeit über Schillers Fragment *Die Kinder des Hauses* geschrieben. Was hieß, dass ich alle seine Stücke und die ihnen vorausgehenden Fragmente studiert habe. Wobei ich viel gelernt habe. Ich habe in Schillers Theaterwerkstatt geschaut. Ich habe gesehen, wie er seine Themen vom Kleinen ins Große entwickelt. Schiller ist nicht nur in seiner Philosophie klar und verständlich, sondern auch in seiner Arbeitsweise. Man kann bei ihm das Geheimnis des dramatischen Schreibens ergründen.

Diese Klarheit hat Schiller so beliebt gemacht. Die Idee der Freiheit zum Beispiel, die er im *Wilhelm Tell* abhandelt, versteht jedes Kind. In diesem Sinne ist er ein Volksautor, der Volkstheater macht. Mit durchschlagendem Erfolg, besonders in der Schweiz. Es ist einzigartig, dass ein Stück des deutschen Idealismus zu einem der beliebtesten Standards des Schweizer Laientheaters werden konnte. Interlaken, Altdorf, Hägglingen, alle spielen Schillers *Tell*. Und niemand stört sich daran, dass die Laienspieler nicht perfekt Bühnendeutsch können.

Ich selber habe das Stück für Altdorf 2004 teilweise ins Schweizerdeutsche übersetzt. Das geht gut, es ist sogar sinnvoll, es so zu machen. Notwendig ist es aber nicht. Das Schweizer Publikum hat Schillers hochpoetische Kunstsprache längst eingemeindet.

Richtig populär ist ein Werk indessen erst dann, wenn es vom Volksmund persifliert wird. Da ist Schillers *Tell* Spitzenreiter. Einzelne seiner Blankverse sind verdreht worden (»Durch diese kahle Hose muss er gasen«). Es gibt auch Persiflagen des ganzen Stücks (»Z'Altdorf ufere Fahneschtange isch e schandbar alte Filzhuet ghange«). Ich erinnere mich, wie in meiner Jugend im Zofinger Stadtsaal die Pfadfinder eine solche Parodie aufgeführt haben, mit durchschlagendem Erfolg. Das haben Shakespeare und Brecht und auch Goethe nicht geschafft. Das hat nur Schiller geschafft.

Greti

Damals besuchte ich das Gymnasium in Aarau. Am frühen Morgen fuhr ich mit der Eisenbahn hin, Abfahrt 6 Uhr 54, Umsteigen in Olten, wo jeweils ein schönes Mädchen zustieg. Ich wusste, dass sie in Aarau in die Handelsschule ging.

Anfang Juli, zu Beginn der Sommerferien, fand das Aarauer Kinderfest statt, das man Maienzug nannte. Ich fragte das Mädchen, ob sie mit mir daran teilnehmen wolle. Sie sagte Ja.

Am Abend des Maienzugs war Tanz, auf der alten Schanze gleich außerhalb des Städtchens. Eine Anhöhe unter Bäumen, von der aus man über den Schachen weit in den Jura hineinsah. Das schöne Mädchen war da und hieß Greti. Ich bestellte Pepita, eine Grapefruitlimonade mit bunten Papageien auf dem Etikett. Was Greti trank, weiß ich nicht mehr. Wir tanzten zusammen, solange die Musik spielte. Zwei Mann, Handharmonika und Schlagzeug. Sie sangen »Poché-poché-poché-poché-pochéro«, »Lolita, zwei weiße Möwen fliegen heute zu dir« und »Ganz Paris träumt von der Liebe« von der Valente, erst in Moll, dann in Dur.

Wir wechselten nur wenige Worte, wir waren nicht zum Reden hier, sondern zum Tanzen. Sie trug ein ärmelloses, rotweißgewürfeltes Kleid. Ich war der, der führte, so hatte ich es im Tanzkurs gelernt. Aber das war nicht nötig, die Musik hat uns geführt. Der dunkle Nachthimmel, die Lichter der Lampions, der Duft der Bäume, es waren, glaube ich, Linden. Wir haben nicht eng getanzt, so dass sich unsere Leiber berührt hätten. Wäre dies geschehen, so wäre ich vermutlich ohnmächtig umgefallen.

Wir verpassten den letzten Zug, der um Mitternacht fuhr. Wir tanzten weiter, bis um drei die Musik aufhörte. Dann gingen wir zur Aare hinunter und setzten uns auf eine Bank gleich neben der Brücke, bis der erste Morgenzug fuhr. Das Wasser floss hier träge, der Fluss war ein Stück weiter unten gestaut. Wir hörten die ersten Vögel singen, das Schnattern der Enten im Schilf. Wir sahen den Himmel langsam hell werden. Dann, ganz sachte, bewegten sich unsere Köpfe zueinander hin. So blieben wir sitzen, Wange an Wange, bis es Zeit war, zum Bahnhof zu gehen.

Zu Hause in meinem Elternhaus schlief ich ein paar Stunden. Dann packte ich den alten Militärtornister, Unterwäsche, ein warmer Pullover, ein Schlafsack.

Ich hatte mit einem Freund ausgemacht, dass wir nach Basel trampen und dort im Rheinhafen ein Frachtschiff suchen wollten, das uns mitnahm Richtung Meer. Wir hatten zwar gehört, dass dies den Schiffern verboten sei, aber wir glaubten nicht mehr an Verbote.

Wir stellten uns an die Straße nach Basel. Wir warteten mehrere Stunden, bis uns jemand mitnahm. Erst ging es über den Jurapass Hauenstein, den ich schon oft mit dem Velo überquert hatte. Es war, als würde ich ihn zum ersten Mal sehen, die dunklen Wälder, die weißen Kalkfelsen. Im Ohr hatte ich immer noch das »Pochéro« des Handharmonikaspielers.

In Basel fragten wir uns durch, bis wir am Hafen standen. Wir setzten uns in eine Hafenkneipe und redeten mit den Schiffsleuten. Niemand wollte uns mitnehmen. Wir gingen zum Hafenbecken und sahen die Schiffe liegen, die be- oder entladen wurden. Die Krane, die an Stahlträgern über die offenen Laderäume rollten. Die riesigen Schaufeln, die Kohle und Weizen heraushoben und zu den Bahnwaggons schwebten, um sich dort zu entleeren. Harte Geräusche in der Luft, Eisen auf Eisen. Ein Duft von Kohlsuppe aus einer Bordküche, Männerrufe, der Gesang einer Frauenstimme. Wir sahen einen Durchgang, über dem »Zutritt verboten« stand. Wir gingen hindurch. Ein Mann tauchte auf und fragte, was wir hier wollten. Nach Rotterdam, sagten wir. Er nahm uns mit in ein Kabäuschen, wo er in seinen Papieren blätterte. Dann stellte er sich ans Wasser, formte mit den Händen einen Trichter und rief Sonvico! Es lagen fünf Kähne nebeneinander. Auf Deck des fünften erschien ein Bursche, nicht viel älter als wir. Was gibt's?, rief er herüber. Die zwei da wollen nach Rotterdam!, rief der Mann.

Wir wurden abgeholt von Jens, einem holländischen Matrosen. Er führte uns über die Planken zum Lastkahn Sonvico und zeigte uns, wo wir schlafen konnten, vorne in der Matrosenkajüte. Wir rollten unsere Schlafsäcke auf dem Boden aus und schliefen gleich ein.

Am andern Morgen wurde ich geweckt durch ein unbekanntes, schönes Geräusch. Ich brauchte eine Weile, bis ich merkte, dass es das Geräusch des Wassers war, das sich am Bug brach. Es war genau das Geräusch, das ich hören wollte. Ich roch den Duft von Flusswasser, rostigem Eisen und Maschinenöl. Ein leichtes Zittern des Bodens war zu spüren, kaum wahrnehmbar, aber eindeutig. Das Schiff war auf voller Fahrt Richtung Meer.

Ich stieg die paar Stufen zum Deck hinauf und sah den Rhein, in dessen Mitte wir schwammen. Die grün bewaldeten Ufer, den weiten Himmel. Einmal erschien rechterhand auf einer Anhöhe eine alte Kirche, strahlend in der Morgensonne. Wir fuhren daran vorbei wie im Traum.

Am Abend desselben Tages hörten wir, wie der Schiffer im Steuerhaus den Motor drosselte. Jens ließ vorne am Bug die beiden Anker ins Wasser gleiten. Das Schiff stellte sich langsam quer, bis es ruhig an der Ankerkette lag. Nur das Rauschen des Wassers war noch zu hören.

Wir ruderten in einem kleinen Beiboot ans Ufer und stiegen über den Damm. Dahinter lag eine Wirtschaft, die Licht hatte. Jens sagte, dass er dort ein Mädchen kenne. Wir setzten uns in den Wirtsraum und bestellten Bier. Dann schauten wir zu, wie Jens mit seinem Mädchen tanzte. Eng umschlungen taten sie dies, träge im Takt der Musik, die aus dem Wurlitzer kam. Bis sie durch eine Tür hinter dem Ausschank verschwanden.

Wir blieben sitzen, ab und an mit fiebrigem Blick am bitteren Bier nippend. Neben dem Zapfhahn schlief eine alte Frau, ihr Kinn war ihr auf die Brust gesunken. Wir warteten bis gegen Mitternacht, bis Jens wieder auftauchte. Er bestellte ein großes Bier und trank es gleich aus. Dann ruderte er uns zurück zu unserem Kahn. Ich schaute in den glitzernden Himmel hinauf und dachte: Was bedeutet eigentlich das Wort Pochéro?

Ich weiß es bis heute nicht. Aber ich weiß, dass mich damals der Himmel geküsst hat.

Gefüllter Kabis

Draußen irgendwo ist Krieg. Das hört man aus dem Radio, wenn sich die gellende, knarrende Stimme überschlägt und das Heil-Gebrüll böser Männer einsetzt. Das sieht man auf der Brücke vorn, wenn der Landsturm seine Übungen abhält und schwere Betonblöcke auf die Fahrbahn schiebt, um eventuell auftauchende Panzer zu stoppen. Man merkt das auch am Gesicht des Vaters, wenn er die Nachrichten vom Landessender *Beromünster* hört, die ihn erschrecken.

Am Abend, wenn es schon eindunkelt, heult die Sirene auf, die vorn auf dem Dach der Färberei steht. Sie steigert sich zum aggressiven Schrei, ebbt ab, so dass man sie kaum mehr hört, nimmt neuen Anlauf und reißt die Stille auf, dass einem fast das Trommelfell platzt. Fliegeralarm. Bald wird man das dunkle Brummen der Bomber hören.

Die Mutter ruft uns Kinder in die Stube. Sie schließt die Fensterläden, mit ruhigen, traurigen Bewegungen. Sie zündet eine Kerze an und löscht das elektrische Licht. Wir sitzen um den Tisch, und Mutter fängt an, unser Lieblingsmärchen von den sieben Brüdern zu erzählen, die am Brunnen Taufwasser holen mussten für ihr neugeborenes Schwesterlein, die den Krug aber unterwegs vor lauter Pressieren ausschütteten, was ihren Vater so erzürnte, dass er sie zu Raben verfluchte.

Oben hört man jetzt das Brummen, von weit her, es nähert sich langsam, fast unmerklich. Über unser Hausdach fliegen indessen die sieben Raben in die Berge hinein zu den Zwergen. Das Brummen der Bomber ist direkt über uns, allerdings, ohne uns zu gefährden, wie Mutter behauptet, denn nicht wir sind das Ziel, sondern andere Leute nördlich des Rheins. Da macht sich das Schwesterlein auf den Weg, um ihre Rabenbrüder zu suchen. Sie nimmt nichts mit sich als ein Ringlein von den Eltern zum Andenken, einen Laib Brot für den Hunger, ein Krüglein Wasser für den Durst und ein Stühlchen für die Müdigkeit. Sie findet den Glasberg, in dem die Herren Raben wohnen, und das Brummen am Himmel oben verzieht sich Richtung Jura.

Da das treue Schwesterlein das Hinkelbeinchen, das ihr der Morgenstern gab, verloren hat, schneidet sie sich den kleinen Finger ab, steckt ihn in das Türschloss, öffnet und erlöst so ihre verwunschenen Brüder. Jetzt heult die Sirene aufs Neue auf, diesmal, ohne zu schwanken, das ist der Endalarm. Die Bomber sind weg. Mutter öffnet die Fensterläden, Nachtluft weht herein, kühl und friedlich.

Am andern Morgen rennen wir in den Garten hinaus, um die glitzernden Metallstreifen zu suchen, die manchmal aus den Rümpfen der Flugzeuge flattern. Damit, das wissen wir, wollen die Piloten den Radar verwirren, und damit können wir im Kindergarten groß angeben.

Diesmal haben wir kein Glück, der Wind hat die Silberstreifen wohl weggetragen. Wir suchen zwischen den Kartoffelstauden und Lauchstengeln, auf dem Kraut der Karotten und den blanken Kohlköpfen. Wir finden nur kleine grüne Raupen, die wir mit den Fingern zerquetschen, weil es die Raupen des Kohlweißlings sind, der ein gemeiner Schädling ist. Die fingerlangen, grasgrünen, rotbetupften Raupen im Rüeblikraut hingegen lassen wir leben, denn aus ihnen wächst der schönste Sommervogel der Gegend, der gelb-schwarz gemusterte Segler, der Schwalbenschwanz.

Der ganze Garten ist voll Gemüse. Wir sind nahezu Selbstversorger. Wir essen Kartoffeln, Bohnen (grüne und gedörrte), Salat, Rüebli und Kohl, Äpfel und Zwetschgen (gedörrte und eingemachte), alles aus dem Garten, denn dafür braucht es keine Rationierungsmarken.

Was es braucht, ist Mist. Also tragen wir alle Abfälle (Plastik gibt es noch nicht) in die hinterste Ecke und warten, bis sie vermodert sind. Im November, wenn der Garten abgeräumt ist, schleppen wir den Kompost im Zuber auf die Beete und verteilen ihn sorgfältig. Er wird mit dem Regen und Schmelzwasser in den Boden eindringen und ihn düngen, so dass wieder schlanke Karotten und kräftige Kabisstorzen herauswachsen können.

Kabis, die stolze Kugel meiner Jugend. Red keinen Kabis, schimpfte zwar Vater, wenn wir Blödsinn erzählten. Das ist Kabis, das hieß so viel wie: So ein Quatsch. Der Prophet gilt eben nichts im Vaterlande.

Das Wort »Kabis« kommt von caputia, und das kommt von caput, was so viel heißt wie Kopf, Haupt. Das Kabishaupt, die Kugel, die vollendete Form. Redet mehr Kabis, Leute, macht Kabis. Esst Kabis.

Es gibt verschiedene Arten davon. Weißkohl, das ist der gewöhnliche, zu Unrecht verachtete. Rotkohl, der ist wunderschön gezeichnet, wenn man ihn aufschneidet. Wirsing, den nannten wir den gerippelten Kabis. Blumenkohl, das empfindsame Mädchen. Rosenkohl, das ist der abgehärteste, dem vermag selbst der härteste Frost nichts anzuhaben.

Wenn wir im Herbst den Garten abräumten,

grub der Vater eine Grube, und wir legten das Wintergemüse hinein. Rüebli neben Rüebli, Sellerie neben Sellerie, Endivie neben Endivie, caputia neben caputia. Drauf kam eine dicke Schicht Laub. Dann ließen wir es schneien.

Es schneite halbmeterhoch, und am Morgen glänzte das Sonnenlicht wie Silber. Drei schwere Pferde zogen den Schneepflug an unserem Haus vorbei, am Wegrand türmte sich ein unüberwindlicher Walm. Wir gingen mit unseren Schlitten über die Brücke die Auffahrt hinauf zum Tenn, wir glitten bäuchlings hinunter. Zwischendurch schauten wir ins Tenn hinein, wo die elektrische Dreschmaschine rumorte. Die war schon eindrücklich, und die Männer, welche die Garben hineinschoben, trugen Gummimasken gegen den Staub.

Wenn Mutter eine Gemüsesuppe kochen wollte oder Kohl mit Kümmel und Speck, schickte sie mich in den Garten. Ich räumte den Schnee weg, schob das Laub zur Seite und sah vor mir die wohlverwahrten Vitaminkrieger liegen, unbeschadet von der Kälte, wartend auf gesundheitspendenden Einsatz.

Das habe ich immer gern gemacht, auch wenn mir der Kuhnagel in die Finger schlich, denn das hat mich mit meiner Familie verbunden, mit den Großvätern, den Urgroßvätern, die hatten das auch schon gemacht. Ich holte also einen Lauchstengel, eine Sellerieknolle, drei Karotten und einen Kabiskopf heraus, legte alles ins Löcherbecken und trug es in die Küche. Dort begann Mutter, das Gemüse zu rüsten, schabte mit dem Schälmesser die Rüebli blank, zog die äußerste Hülle vom Lauch, so dass der grünlich-weiße Schaft zum Vorschein kam, zerschnitt den Kohl und legte eine Hälfte für später zur Seite. Sie tat das mit ruhigen, langsamen Bewegungen, und sie fragte mich dabei, was ich einmal werden wolle. Naturforscher, sagte ich, ich will erforschen, warum der Kabis nicht erfriert.

Damals, es war kurz nach dem Krieg, begann die große Veränderung der Essgewohnheiten, die über Fenchel und Brokkoli, von welcherlei komischem Gewächs hierzulande noch kein Mensch etwas gehört hatte, hinführte bis zu Kiwi und Mango.

Eines Tages wurden auf der anderen Seite des Baches die ersten Baustangen in die Wiese gesteckt. Nach einem Jahr standen dort drei Mehrfamilienhäuser, vierstöckig, acht Wohnungen unter demselben Dach. Gärten besaßen die Leute, die dort einzogen, keine, die aßen das Gemüse aus der Büchse. Nelly, die mit den abstehenden Kabisohren, behauptete, das sei ungesund, mit Büchsengemüse könne man nicht alt werden.

Ich habe damals den ersten Kaugummi gesehen. Er lag vor mir auf den Bsetzisteinen im Städtchen, eingepackt in grünes Stanniol, was ihm ein edles Aussehen gab. Er musste wohl jemandem aus der Hand gerutscht sein. Ich hob ihn auf und brachte ihn Fräulein Kunz, unserer Lehrerin. Sie hatte uns vor Kaugummi eindringlich gewarnt, das sei amerikanisches Teufelszeug und mache die Zähne kaputt.

Da ich ein braver Bub sein wollte, habe ich das geglaubt. Fräulein Kunz hat mich gelobt. Vermutlich hat sie den Kaugummi in den Mülleimer geworfen, oder sie hat sich ein Herz gefasst und selber ausprobiert, wie es ist, wenn man Gummi kaut.

Dann ist Nelly mit neuartigen Schuhen aufgetaucht. Die hatten Speckgummisohlen. Das waren Sohlen nicht aus Leder, in das Vater die Eisennägel hineinschlug, damit sie länger hielten. Sondern es waren Sohlen aus zwei Zentimeter dickem knallgelbem Gummi, an der Unterseite grob gerippt. Damit könne sie schneller rennen als jeder Bub, behauptete sie, denn der Gummi federe und spicke sie bei jedem Schritt nach vorn. Wir haben es gleich ausprobiert und ein Wettrennen gemacht, ich sah nur noch ihren Rücken, die flatternden Zöpfe.

Onkel Emil, der eine kleine Garage aufgebaut

hatte samt Zapfsäule, aus der er das Benzin her-
aushebelte wie aus einer Wasserpumpe, brachte
uns zwölf Büchsen Thon. Das war zartes, hell-
rosa Fischfleisch, schön gefasert, schwimmend in
Öl. Wir aßen, schmatzten, tunkten mit Brot die
letzten Tropfen auf. Das gibt uns Kraft, hat Vater
behauptet.

Die Sirene haben wir nie mehr gehört. Sie stand
noch immer auf dem Färbereidach, bedrohlich und
hässlich, und ich hab Fräulein Kunz gefragt, wie
diese kleine Maschine denn ihren schrecklichen
Ton herstelle. Sie hat geantwortet, das sei eine
blöde Frage, denn Sirenen würden hinfort nicht
mehr benötigt.

Unsere Essgewohnheiten aber blieben beste-
hen. Kartoffeln, Salat, Gemüse. Birnenschnitze,
Zwetschgenmus. Die Hurde im Keller voll Äpfel,
die letzten waren die Bohnäpfel, die blieben bis
ins Frühjahr frisch. Dann der erste Rhabarber, der
rötlich aus der kalten Erde stieß.

Am Sonntag gab es das Sonntagsessen. Wir saßen in unseren Sonntagskleidern um den sonntäglich gedeckten Tisch und aßen eines unserer
Kaninchen auf, dem Vater das Fell über die Ohren
gezogen hatte.

Wir löffelten Fleischsuppe und schielten nach
dem Markbein, das auf Vaters Teller lag. Oder wir

erhielten ein Stück vom gespickten Rindsbraten, aber nur an besonderen Festtagen.

Das festlichste Angebot aus Mutters Küche aber war und blieb der gefüllte Kabis. Er stand zwar offiziell nicht so hoch im Kurs wie Schweins- und Rindsbraten, da der Kohl aus unserem Garten stammte und das Hackfleisch billig zu haben war. Aber unter Mutters Händen, das haben wir Kinder gemerkt, wurde der Kabis zum Kunstwerk.

Sie hat als Erstes ein Kopftuch über ihr eigenes Haupt gelegt, damit kein Haar herunterfiel. Dann hat sie den Kohl entblättert, sorgfältig Blatt um Blatt abgetrennt und auseinandergelegt, bis nur noch das gelbliche Herz da war. Das hat sie beiseitegelegt für die Suppe.

Sie hat die Blätter gewaschen, damit weder Raupe noch Schnecke, noch Käfer, noch sonst ein gemeiner Schädling sich einschleichen konnte. Sie hat die dicken Storzen flachgeschnitten und die Blätter in Salzwasser kurz abgekocht. Dann hat sie eine Schüssel in der Größe des ursprünglichen Kabiskopfes mit den Blättern ausgekleidet, und zwar so, dass die großen äußeren Blätter mit den Storzen den Schüsselrand überlappten.

Nun hat sie sich an die Fleischfüllung gemacht. Ein Pfund Gehacktes, vermischt mit Zwiebel und Peterli, mit einem in heißer Milch eingeweichten

Stück Weißbrot. Salz und Muskat, Pfeffer hatten wir keinen, der galt als obszön. Dieses Gemisch hat sie mit einer Gabel zerdrückt und geknetet, als wäre sie ein spielendes Kind. Geredet hat sie nicht dabei, es galt die volle Konzentration.

Mit einem Löffel hat sie diesen Brei in die Mitte der wartenden Kabisblätter gelegt und geschaut, dass sich kein Blatt von der Stelle wegbewegt hat, die sie ihm zugedacht hatte. Die restlichen Blätter, die kleineren, hat sie darübergelegt und die Storzen darübergedrückt. Diesen Kopf hat sie in eine Pfanne gestürzt, so dass alles an seiner Stelle blieb und festhielt, eine vollendete, wohlgeformte Kugel. Den Sud der Kohlblätter hat sie dazugegossen und alles eine Stunde lang schmoren lassen.

So ist das auf den Tisch gekommen, herrlich duftend, saftig, kräftig, nicht nur für Nase und Gaumen eine Wonne, auch fürs Auge ein Glück. Ein Stück Schönheit mitten auf unserem Tisch. Sie war jedes Mal stolz auf ihr Werk, das haben wir alle gesehen, wir waren stolz auf sie.

Das Kunstwerk ist dann sehr schnell zerstört und einverleibt worden, Eat-Art der klassischen, ländlichen Art. Mutter hat das Brotmesser angesetzt (es war unser schärfstes) und die Kugel von der Mitte aus in mehrere, sternförmig auslaufende Teile aufgeschnitten. Jedem von uns hat sie einen

Schnitz auf den Teller gelegt und Sauce darüber-
gegossen. Als Beilage hat es immer Salzkartoffeln
gegeben, die man mit der Gabel im Sud zerdrücken
konnte. So haben wir uns die Sonnenkugel, die aus
unserem Garten kam, den Vollmond, der über unser Dach hinging, einverleibt.

Seit rund vier Jahrzehnten wohne ich vorwie-
gend in Städten. Ich ernähre mich ohne Bedacht,
ich esse, was mir am bequemsten erreichbar ist.
Einen Gemüsegarten besitze ich nicht, Kohlweiß-
linge bevölkern höchstens noch meine Träume.
Kochen halte ich längst nicht mehr für eine Frauen-
arbeit, ich kann es auch. Aber einen gefüllten Kabis
habe ich noch nie gemacht. Es fehlt mir die Geduld
dazu, es fehlt mir die Genauigkeit, die Hingabe.

Im Moment lebe ich in einem Quartier, in dem
viele Leute aus der Türkei wohnen. Es gibt türki-
sche Läden, und die bieten mächtige Kabisköpfe
an.

Fünf Kilo schwer sind die wohl, mit fast weißen
Blättern. Mächtige Häupter aus der türkischen
Heimat, die in der Lage sind, eine ganze Sippe mit
Großmutter und Onkel und alter, zahnloser Base
und Kindern und Enkelinnen und Neffen zu er-
nähren.

Ich habe mich schon mehrmals ertappt, wenn
ich daran vorbeiging, wie ich überlegt habe, einen

solchen Kohlkopf zu kaufen und heimzutragen in Erwartung einer großen Familie. Nur, was soll ich damit in meiner Dreizimmerwohnung?

Idylle, tief gefroren

Ich wurde 1938 geboren, bin also in Kriegszeiten aufgewachsen, im Zweiten Weltkrieg und im Kalten Krieg.

Der Zweite Weltkrieg war im aargauischen Zofingen, wo meine Eltern ein Einfamilienhaus hatten, eine Idylle, ein Stück abgegrenzter heiler Welt. Der Gemüsegarten, der Bach mit Forellen und Schwertlilien, der Bauernhof gegenüber. Ab und zu das Gellen der Sirene vorne auf dem Dach der Färberei, dann musste man so schnell wie möglich heimrennen. Abends bei Dunkelheit manchmal das Brummen von Flugzeugmotoren hoch oben am Himmel. Am andern Morgen lagen Schnitzel aus Leichtmetall, die zur Störung des Radars aus den Flugzeugen geworfen worden waren, in den Wiesen. Sie leuchteten wie Silber. Wir sammelten sie ein, es waren begehrte Tauschobjekte.

Die Lebensmittel waren rationiert, Fleisch kam kaum auf den Tisch, ein Spiegelei gab es nur für Vater. Mich hat das nicht gestört.

Mein Vater war dienstuntauglich, er leistete Hilfsdienst. Einmal war er mehrere Wochen im Tessin, in der Nähe von Biasca. Er brachte Ziegenkäse mit nach Hause, der seltsam scharf schmeckte.

Er hatte in seiner Nachttischschublade einen Browning liegen, ich habe ihn früh entdeckt. Später hat er mir gesagt, er hätte beim Einmarsch der deutschen Wehrmacht versucht, mit dieser Pistole drei stadtbekannte Nazis zu erschießen.

Die Armee war ein Bestandteil, ja ein Garant dieser Idylle. Alle machten da mit. Die Armee musste sein, das leuchtete ein.

Mein zukünftiger Schwiegervater, den ich damals noch nicht kannte, hat als Sanitätsgefreiter über 700 Diensttage abgeklopft. Er besaß einen Karabiner, schoss aber damit nur im Schießstand. Er war Pazifist und Kranzschütze. Nie hätte er auf einen Menschen gezielt. Aber auch er hat mitgemacht in der Armee.

Es war eine Armee zum Anfassen. Handfeste Männer in gutem grünen Tuch. Karabiner mit fünf Schuss Munition pro Magazin, ein Bajonett zum Aufsetzen und Zustoßen. Die zwei Pferde des Bauern zogen eine Kanone. Die Nachbarn, ältere Herren, schoben übungshalber Betonklötze zum Sperren der Panzer auf die Straße. Die Frauen, die ihnen Kaffee mit Schnaps brachten, lächelten ihnen zu.

Im Kornhaus in der Ringmauer logierten polnische Internierte. Sie rückten am Morgen früh mit Pickeln und Schaufeln aus, um im Wald oben Wege zu bauen. Sie winkten uns Kindern, sie lachten. Sie waren froh, der Hölle entronnen und in der heilen Schweiz zu sein.

Unser Haus stand an der Eisenbahnlinie, die zum Gotthard führte. In der Nacht hörte man die Güterzüge südwärts rollen. Man munkelte, dass sie Waffen und Munition nach Italien führten. Man nahm das hin, es musste wohl sein.

Einmal kam General Guisan in den Zofinger Stadtsaal. Eine Menschenmenge erwartete ihn, wir Kinder standen in der ersten Reihe. Der General drückte uns allen die Hand. Ich weiß das noch genau, denn er trug Handschuhe aus braunem Leder, obschon es Sommer war.

Mein Vater wusste schon früh, dass es deutsche Lager gab, in denen Menschen umgebracht wurden. Er hat in seiner Schreibtischschublade ein Heft versteckt gehabt, das ich gefunden und angeschaut habe. Darin waren bis aufs Skelett abgemagerte Menschen mit übergroßen Augen abgebildet. Ich erinnere mich ans Foto eines Leichenberges. Zuoberst stand ein Uniformierter mit einer dürren Leiche in Händen, er grinste.

Es war klar, dass wir alle uns gewehrt hätten,

wenn die Deutschen – so nannte man das – einmarschiert wären. Die Männer wären bereit gewesen, für die schweizerische Unabhängigkeit zu töten und selber zu sterben. Die Frauen hätten das wohl oder übel hingenommen. Das ist mir noch heute klar. Ich habe es so und nicht anders erlebt.

Ebenso klar ist mir, dass Hitler mit der Waffe geschlagen werden musste. Es ging nicht anders, es musste sein, mit dem Karabiner, mit dem Panzer, mit dem Flugzeug.

Wir sind verschont geblieben. Über die Gründe dieser Verschonung wird seit einigen Jahren heftig diskutiert. Klar ist, dass nicht die schweizerische Armee Hitler besiegt hat.

Eine Idylle, so lautet ihre Definition, ist ein Stück heiler Welt mit einem Riss drin, durch den das Unheimliche stößt. Dieser Riss ist nach dem Krieg aufgebrochen. Unsere Erzieher, die sich als Sieger wähnten, wollten diesen Riss nicht wahrhaben. Sie wollten die Idylle bewahren. Dafür brauchten sie eine neue Bedrohung, einen neuen Feind. Dieser Feind war der Kommunismus. Es begann der Kalte Krieg.

Wir, die heranwachsende Jugend, haben früh gemerkt, dass etwas Grundlegendes nicht mehr stimmte. Unsere Erzieher gaben sich zwar noch immer alle Mühe, uns mit ihrer Vergangenheit zu indoktrinieren. Unser Klassenlehrer in der Bezirksschule war Major der Schweizer Armee, der Rektor war Oberst. Gestandene, aufrechte Männer, die uns zu überzeugten Antikommunisten zu erziehen gedachten. Wir fanden das schlicht langweilig, wir hatten andere Bedürfnisse.

Einige von uns durchschauten das Bildungsprogramm, das uns vorgesetzt wurde, bald als verlogene Idylle, als Erziehungskitsch. Das begann schon in der Bezirksschule und setzte sich in der Kantonsschule fort. Im Gymnasium haben wir ein Jahr lang *Nathan den Weisen* behandelt. Kurz vor der Matura haben wir als Gipfel zeitgenössischer Lyrik einige Gedichte Rilkes gelesen, was dazu geführt hat, dass ich Rilkes süßlichen Ton noch heute zum Erbrechen finde.

Die Schweiz lag damals unter einer Käseglocke, die das geistige Leben zum Absterben, zum Schimmeln brachte. Wir schnappten nach frischer Luft.

Wir, das waren ein paar neugierige, unangepasste Burschen, die sich Existentialisten nannten. Wir liehen uns gegenseitig Platten und Bücher aus, wir hörten Charlie Parker und diskutierten über *La nausée* von Sartre und *Dämmerklee* von Alexander

Xaver Gwerder. Wir trugen Dufflecoats, und einer von uns ließ sich sogar einen Bart wachsen.

Wir haben uns selber ausgesucht, was uns interessierte, so wie das jede junge Generation macht. Es war nicht so, dass unsere Lehrer – es gab an der Kantonsschule keine Lehrerin – uns absichtlich ferngehalten hätten von dem, was uns geholfen hätte. Sondern unsere Lehrer kannten das, was uns interessiert hätte, nicht. Sie waren geistig kurz vor dem Ersten Weltkrieg stehengeblieben.

Später habe ich bei Walter Muschg in Basel studiert. Muschg hat das Buch *Die Zerstörung der deutschen Literatur* veröffentlicht. Darin beschreibt er, wie der deutsche literarische Expressionismus, der um 1910 begann und zu dem er Trakl und den jungen Brecht, Else Lasker-Schüler und Döblin, Jahnn und Kafka zählt, durch die Nationalsozialisten zerstört und ausgetilgt worden ist. Diese Zerstörung ist, trotz Ausnahmen wie Schauspielhaus und Emil Oprecht, von der Schweiz diskussionslos mitgemacht worden. Ein unglaublicher Vorgang.

Ein halbes Jahrhundert geistiger Entwicklung wurde schlicht nicht zur Kenntnis genommen. Die großen literarischen Gegner der Nazis, deren Bücher verbrannt worden waren, wurden nicht gelesen. Eine Folge wohl der sogenannten Besinnung auf eigene Werte, mit der man den Faschismus abgewehrt zu haben glaubte. Man hat nicht gemerkt, dass man genau damit einen Teil des faschistischen Bildungsprogramms übernahm.

Es gab noch in meiner Kantonsschulzeit gebildete Leute, die allen Ernstes gegen die Abstrakten in der Malerei wetterten, die einen Brecht-Leser als Kommunisten schimpften, die den Jazz als minderwertige »Negermusik« bezeichneten.

Niemand war neugierig auf das, was wir dachten. Niemand nahm Kenntnis von unserer Neugier. Ein Gespräch mit den Erziehern war nicht möglich, es war nicht vorgesehen. Wir merkten es bald, es war fatal. Wir hatten schon früh die Nase voll, gegen Betonköpfe anzurennen. Wir zogen uns auf uns selbst zurück. Wir entwickelten eine eigene Fantasie, eine eigene Welt, die wir hermetisch dicht hielten, eine heimliche Gegenwelt, in der wir zwar nicht richtig leben, aber immerhin überleben konnten.

Wir wurden Widerständler, die wussten, dass es keinen Sinn hatte, das Wort zu ergreifen.

Es war kein Staat mit uns zu machen. Wir wollten auch keinen Staat machen.

Das eben war das Fatale, dass wir nicht versucht haben, uns zu wehren, eine Diskussion anzufangen und so die verlogene Idylle endgültig aufzureißen.

Das haben erst die Achtundsechziger getan, die nicht mehr vom Zweiten Weltkrieg geprägt waren.

Im Sommer 1958 bin ich in die Rekrutenschule eingerückt, nach Chur. Ich tat es, ohne zu überlegen. Militärdienst musste sein, das schien mir immer noch klar zu sein.

Die physischen Strapazen jener Monate habe ich mit Leichtigkeit bestanden, ich war Alpinist. Was mir bis in die Träume hinein zusetzte, war die Uniform. Ich habe mit meinen Privatkleidern auch mein Privatleben abgegeben, ein privates Denken und Fühlen, meine private Fantasie, auf die ich dringend angewiesen gewesen wäre, um unter der Käseglocke überleben zu können. Das ist der Sinn und Zweck jeder Militäruniform, dass man sich selbst aufgibt und so zum Rädchen einer Kriegsmaschine wird, die von ganz und gar undemokratischen Obristen gesteuert wird. Anders wären Kriege nicht zu führen, anders würden normale Männer sich nicht gegenseitig erschießen.

Ich denke, dass ich im Zweiten Weltkrieg, wäre ich zwanzig Jahre früher geboren worden, den Militärdienst willig geleistet hätte, weil mir seine Notwendigkeit klar gewesen wäre. Jetzt sah ich überhaupt keine Notwendigkeit. Vor dem Kommunismus habe ich mich nicht gefürchtet, ich glaubte weder an die rote noch an die gelbe Gefahr. Hingegen glaubte ich an die Gefahr der Atombombe, gegen die wir mit unseren Flabkanonen nichts hätten ausrichten können.

Zu solch genauem Nachdenken bin ich indessen kaum gekommen. Unser eigenes Denken wurde zuerst lahmgelegt, dann infiltriert von einer fremden, absurden Gedankenwelt, die nach und nach eine eigene, scheinbar notwendige Logik entwickelte. Wir haben uns dieser Logik hingegeben, wir wurden gezwungen dazu. Nach wenigen Wochen hatten wir sie weitgehend verinnerlicht. Notwendig war das Abstruse. Wichtig war, ob die Borsten der Zahnbürste nach links oder nach rechts ausgerichtet waren. Existentiell entscheidend war, dass man seinem Vorgesetzten lauthals seinen eigenen Nachnamen entgegenschrie, obschon er ihn schon längst kannte. Dass man sich vor jedem Vollidioten, der einen höheren Dienstgrad hatte, in den Staub warf. Alles, was ich gelernt hatte über Menschenwürde und Eigenverantwortung, war außer Kraft gesetzt. Es herrschte das Gesetz der Willkür, der Diktatur.

Ich bezeichne jene Rekrutenschule noch heute als staatlich sanktioniertes Verbrechen an mir. Sie hat mich in meiner Entwicklung zur geistigen Selbständigkeit um Jahre zurückgeworfen. Heute denke ich, dass ich souveräner hätte sein müssen. Aber ich war damals eben nicht souverän.

Ich erinnere mich an zwei Lichtblicke. An eine Wochenendausgabe der *Neuen Zürcher Zeitung*, worin auf einer ganzen Seite Gwerder-Gedichte abgedruckt waren. Die habe ich stets bei mir gehabt. Und an eine Nacht auf der Wache, in der ich mehrere Seiten eines Notizheftes vollschrieb. Es war mein erster ernst zu nehmender Prosatext.

Später, in einem Wiederholungskurs, ist ein Propagandist mit Filmapparat aufgetaucht. Er hat der versammelten Kompagnie einen Film über Brecht vorgespielt.

Am Beispiel der *Dreigroschenoper* hat er uns vordemonstriert, dass Brecht ein drittklassiger Schreiberling war, der uns mit billigsten Sex-Liedern zum schlitzäugigen Kommunismus verführen wollte.

Ich bin nicht einmal nach diesem Film aufgestanden, die Uniform hat mich gelähmt.

Ich habe mich erst gewehrt, als ich am Schluss der RS erfuhr, dass ich gegen meinen erklärten Willen zur Unteroffiziersschule aufgeboten war. Ich wusste, dass ich diesem Aufgebot nicht Folge leisten konnte. Selber den Unsinn erleiden, das war mir möglich gewesen. Den Unsinn zu befehlen war mir unmöglich. Es gab in Chur einen Hauptmann im Generalstab, der der Meinung war, wer studiere, solle auch Offizier werden.

Ich habe ihn ausgetrickst, habe mich aus der Schweiz abgemeldet und bin nach Paris gefahren. Später habe ich noch fünf Wiederholungskurse gemacht. Dann bin ich mit einem Arztzeugnis freigekommen.

Ich frage mich, warum uns unsere Vorgesetzten so rigoros erniedrigen wollten. Es wäre auch ein bisschen anständiger gegangen, wir waren ja alle bereit, unseren Dienst zu leisten. Im Zweiten Weltkrieg wäre diese unsinnige Demütigung jedenfalls nicht möglich gewesen, da die Vorgesetzten auf die Vernunft der Soldaten angewiesen waren.

Der Grund liegt darin, dass um 1958, nach der Niederschlagung des ungarischen Aufstandes, die kälteste Phase des Kalten Krieges war. Da die helvetischen Militärköpfe den Zweiten Weltkrieg verpasst hatten, wollten sie unbedingt bei diesem neuen Krieg mitmachen. Und da keine direkte Bedrohung vorlag – die Sowjetunion verteidigte ihren europäischen Machtbereich, wie dies auch die NATO getan hat –, schufen sich unsere Militärköpfe eine eigene Bedrohungslage, um nicht überflüssig zu werden. Sie steigerten sich in einen martialischen Antikommunismus hinein, der nur noch fade wirkte. Dieser Antikommunismus war indessen nur Vorwand. Nicht der Kommunist an sich war der Erzfeind. Es gab ja fast keine Kommunisten mehr in der Schweiz, und die wenigen, die es noch gab, hätte man wohl gescheiter unter Heimatschutz gestellt. Vielmehr steckte der Erzfeind in den Köpfen der heranwachsenden Jugend, in den Nonkonformisten, wie man kritische Leute, die unbequeme Fragen stellten, nannte.

Ich erinnere mich, dass eine Gruppe Obristen damals, kurz nach 1960, verlangte, auch die Universitäten müssten jetzt unter den Militärhelm gestellt werden. Eine Zumutung, gegen die einige Studenten der Universität Basel ein Flugblatt verfassten. Worauf die Unterzeichner auf dem Rektorat erscheinen mussten, wo sie von zwei Offizieren verhört wurden.

Das ist lange her, ich weiß. Die Weltlage hat sich verändert, die schweizerische Armee hat sich verändert, ich selber habe mich verändert.

Aber noch immer träume ich vom Militärdienst. Es sind die schlimmsten, ausweglosesten Angstträume, die ich kenne. Meist ist es die gleiche Situation. Ich treffe auf meine ehemalige WK-Kompagnie, die irgendwo im Gelände in Stellung liegt. Ich grüße die Kameraden von damals, ich mag sie immer noch gut. Da kommt der Leutnant und sagt, es fehle ein Mann für die Geschützbedienung, ob ich nicht kurz einspringen könne. Er wisse zwar, dass ich ausgemustert sei, es sei nur für wenige Stunden. Ich sage zu, setze mich ins Geschütz, und schon hat der Leutnant wieder Macht über mich. Ich weiß, diesmal wird er mich nicht wieder loslassen. Dann erwache ich schweißnass und brauche mehrere Sekunden, bis ich erkenne, dass ich in Wirklichkeit noch immer dienstfrei bin.

Ich bin übrigens keine Ausnahme. Ich weiß von Bekannten, dass auch sie als gestandene Männer noch heute unter ähnlichen Angstträumen leiden.

Drei Mal Weihnachten

Ich bin sechseinhalb und traurig, weil der Vater heute vor dem Heiligen Abend mein Lieblingskaninchen Netti metzget. Keinen Bissen werde ich davon nehmen, nicht einmal Sauce, nichts.

Aber dann gehe ich mit Chlemmi schlitteln auf die Tennauffahrt vom Hof gegenüber. Es regnet in den Schnee, die Kufen laufen nicht. Wir sitzen auf den Schlitten und palavern ein bisschen. Dann stochern wir nach den halbverfaulten Äpfeln im Schnee.

Wir beide haben uns zu Weihnachten Spielsoldaten gewünscht. Chlemmi hat seine bereits entdeckt, unten im Kasten, wo sie seine Mutter versteckt hat. Neun Infanteristen, blufft er, mit Tornistern und Karabinern, liegend, kniend und stehend. Einer trage sogar einen Flammenwerfer auf dem Rücken. Der sei unbesiegbar.

Am Abend sitzen wir Kinder in der Küche und

warten auf das Christkind, das mit dem Weihnachtsbaum in die Stube fliegt. Draußen ist der Regen in Schnee übergegangen, Leintücher segeln herab.

Ich sehe, wie im Haus gegenüber Herr Schürch die Kerzen anzündet. Das Gleiche macht jetzt wohl meine Mutter, denke ich. Oder ist es vielleicht das Christkind?

Dann werden wir in die Stube gerufen. Die Kerzen leuchten, das Engelshaar glänzt. Unter dem Bäumchen liegen meine Spielsoldaten. Eine Militärmusik, Trompeten, Posaunen, eine Pauke. Kein einziger Infanterist, kein Flammenwerfer. Mir kommen die Tränen vor Enttäuschung. Aber mein Vater sagt, jetzt sei Krieg, da spiele man nicht mit Waffen.

Der Kaninchenbraten schmeckt hervorragend. Dazu gibt es Kartoffelstock, Rüebli und Zwiebeln mit einem Nägeli drin. Als Dessert Gebäck, Mailänderli, Brunsli, Chräbeli.

Nach dem Essen singen wir O du fröhliche. Stille Nacht, heilige Nacht. Ich versuche mitzusingen, die ersten paar Verse kann ich auswendig.

Die Tante Hanna singt nicht mit. Sie sitzt in ihrem Lehnstuhl und weint vor sich hin. Sie macht das jede Weihnachten so, sie weint um ihre Toten.

Ich verstehe sie gut. Ich würde auch am liebsten

weinen. Was soll ich mit einer Militärmusik gegen Chlemmis Infanteristen?

WEIHNACHTEN 1974

Seit wir verheiratet sind, verbringen wir den Heiligen Abend bei meinen Schwiegereltern. Wir sitzen in der Stube am großen Tisch, mehrere Tanten, die Schwägerin. Unsere Zwillinge sind jetzt sechs. Sie freuen sich, sie werden verwöhnt.

Die Schwiegermutter dreht fast durch, so nervös ist sie. Das hat Tradition, das wird sich erst legen, wenn die Kerzen brennen. Sie serviert Kaninchenbraten mit Kartoffelstock, dazu Rüebli und Zwiebeln mit Nägeli drin. Als Dessert Weihnachtsgebäck. Die Chräbeli sehen aus wie gebackene Engerlinge. Auch das hat Tradition.

Nachdem der Tisch abgeräumt ist, zündet der Schwiegervater die Kerzen an. Die Kugeln leuchten, die Stimmung wird feierlich. Die Schwiegermutter strahlt.

Es werden die Geschenke verteilt. Ich bekomme handgestrickte Socken, eine Seife mit Veilchenduft, drei Päckchen Zigaretten.

Es beginnt der Gesang, wir singen über eine Stunde. O du fröhliche. Stille Nacht. Dann folgen die traditionellen Familienlieder neuapostolischer Herkunft. Eines für die Großmutter selig: Kommt, stimmet alle jubelnd ein. Gott hat uns lieb. Eines für den Großvater selig: Einen Freund hab ich gefunden, einen besseren findst du nicht. Dreistimmig, es klingt so schön, dass man fast weinen muss. Da wir nur drei Männer sind, brülle ich, so laut ich kann, gegen die Frauenstimmen an.

Um elf Uhr packen wir die schlafenden Kinder ins Auto, um ins Emmental in unser Stöckli zu fahren. 800 Meter hoch, verschneite Tannen, knietiefer Schnee. Der Weg vom Hof zum Stöckli ist nicht gepfadet. Wir tragen die Kinder hoch, meine Frau bringt sie ins Bett.

Ich heize von der Küche aus die Kachelöfen ein, setze mich in die Stube und trinke noch ein Glas Wein. Ich höre die Äste in den Öfen knistern. Sonst ist winterliche Ruhe, stille, heilige Nacht.

Nach einer Viertelstunde kratzt jemand an die Tür. Ich weiß, das ist die Tante, eine uralte, einäugige Katzenfrau. Ich lasse sie herein und frage mich, wie sie durch den Schnee gefunden hat. Sie legt sich auf die Ofenkunst und schnurrt.

Ich trete auf die Laube hinaus und schaue in die weiße Landschaft. Graue Leintücher segeln herab, kaum sichtbar, lautlos, als ob es heimlich geschehen müsste.

Meine Schwiegereltern sind längst gestorben. Und seit meine Frau tot ist, weiß ich nicht recht, wie Weihnachten feiern.

Zum Glück habe ich meine Kinder. Wozu hat man denn eine Familie, wenn nicht, um am Heiligen Abend zusammenzusitzen?

Mein Sohn wohnt mitten im Basler St. Johann. Eine nicht sehr christliche Gegend ist das, es wohnen viele Leute aus anderen Kulturen hier. Aber mein Sohn lädt ein. Es gibt Kaninchenbraten. Kartoffelstock, Rüebli und Zwiebeln. Nur das Nägeli fehlt. Vielleicht sollte ich ihm einmal sagen, er solle an Weihnachten ein Nägeli in die Zwiebel stecken.

Meine Tochter, die aus Zürich hergereist ist, schenkt mir ein Buch über Boris Vian. Das freut mich ungemein. Sie hat Mailänderli, Brunsli und Chräbeli gebacken.

Der Sohn zündet die Kerzen an. Engelshaar, Lametta, die roten Kugeln glänzen. Ein geschmückter Tannenbaum, mitten im kalten Winter, wohl zu der halben Nacht. Wie altertümlich, wie unglaublich schön.

Meine Tochter stimmt an: Stille Nacht, heilige Nacht. Mir kommt die Tante Hanna in den Sinn, und ich sage: Nein, ich kann jetzt nicht, vielleicht nächstes Jahr.

Das wird akzeptiert. Es ist trotzdem ein schöner Heiliger Abend. Hauptsache, es steht ein Tannenbaum da.

Kurz vor Mitternacht verabschiede ich mich und gehe mit meinen Geschenken durch St. Johann hinauf zum Burgfelderplatz. Schneeflocken segeln herunter, ich sehe sie im Licht der Straßenlaternen. Lautlos, als ob es sie nicht gäbe. Sie schmelzen gleich nach der Landung auf dem nassen Asphalt.

Oben beim Altersheim sehe ich noch Licht, ich höre Musik. O du fröhliche, gespielt von einer Kapelle der Heilsarmee. Ich bleibe stehen und lausche. Leise versuche ich mitzusingen: Alles schläft, einsam wacht nur das traute hochheilige Paar. Dann verstummt meine Stimme, ich merke, wie ich weine. Es musste also doch noch sein, denke ich, auch die Tränen haben Tradition.

Ich beschließe, noch schnell in der Nachtbeiz vorn einzukehren und mich zu den Nachtvögeln zu setzen. Die essen bestimmt auch gern Mailänderli, Brunsli und Chräbeli.

Ein Dichter als Staatspräsident
Kleines Gedenkblatt für Václav Havel

Vor fünfzig Jahren wurde im Basler Kleintheater Fauteuil ein Stück mit dem Titel *Das Gartenfest* gezeigt. Geschrieben hatte es ein Tscheche mit Namen Václav Havel. Ich schaute es mir an und war begeistert.

In jener Zeit, es war mitten im Kalten Krieg, führte der Schweizerische Studenten Reisedienst die erste Reise in den Ostblock durch. Ziel war Prag. Ein mit jungen Leuten vollgepackter Bus, die wohl alle ein bisschen tschechisches Geld bei sich hatten. Das war zwar verboten, man hätte erst in der Tschechoslowakei wechseln dürfen. Aber der Wechselkurs in der Schweiz war um ein Vielfaches günstiger.

Wir übernachteten in der Nähe von Hof. Am andern Morgen ging es Richtung Grenze. Als wir die tschechischen Grenzsoldaten mit ihren Maschinenpistolen sahen, brach manchem von uns der Angstschweiß aus. Zum Glück wurden wir durchgewinkt. Wir kamen durch Pilsen, eine rußige, triste Stadt, die Luft zum Erbrechen. Dann die Einfahrt in Prag. Und wir waren verzaubert.

Es gab damals in Prag fast keine Touristen. Wir wohnten in einem Studentenheim und kamen in Kontakt mit jungen Leuten. Sie haben uns ihre Stadt gezeigt. Die war ganz anders, als man uns erzählt hatte. Nichts von menschenverachtender Tyrannei, sondern ein Fest der Lebenslust und Fantasie. Prag war damals so etwas wie die Kunst- und Kulturhauptstadt Europas. Das Theater am Geländer, die Laterna Magika. Das vergammelte Café Slavia an der Moldau, die wunderbaren Weinstuben auf der Kleinseite. Das war voller Leben, voller Neugier und Aufbruch. Der Optimismus war grenzenlos, er hat uns angesteckt. Warum sollte es nicht möglich sein, den Graben zwischen den beiden waffenstarrenden Supermächten zu überwinden und Sozialismus mit Demokratie zu verbinden?

Der Ausgang dieses Aufbruchs ist bekannt. Ende August 1968 marschierten die Panzer des Warschauer Paktes ein und machten dem Prager Frühling ein Ende. Das war ein Schock für uns alle, die wir an eine bessere Welt, an einen demokratischen Sozialismus glaubten. Damit war auch die Prager Theater- und Filmproduktion zu Ende. Milos Forman wanderte aus, Richtung Hollywood, wo er eine Weltkarriere machte. Jiří Menzel, der mit *Liebe nach Fahrplan* einen Oscar geholt hatte, durfte nicht weiterfilmen. Václav Havel ging ins Gefängnis.

Ich weiß noch, wie ich damals im Basler Uni-Café mit zwei Theologiestudenten diskutierte. Sie waren tatsächlich der Meinung, der Einmarsch des Warschauer Paktes sei richtig gewesen. Strategisch gesehen. Denn es gelte unter allen Umständen den Ostblock zusammenzuhalten und zu verteidigen gegen den US-amerikanischen Imperialismus. Die Tschechoslowakei sei auf dem Absprung gewesen in den Westen, und das sei nicht zu akzeptieren gewesen. Ich hingegen war der Meinung, niemand dürfe mit Gewalt zum Sozialismus gezwungen werden. Der Prager Frühling sei für niemanden eine Gefahr gewesen, sondern für alle, auch für den Ostblock, eine Chance. Ich bin noch heute dieser Meinung. Und ich habe noch immer eine Sauwut auf die damaligen Betonköpfe in Moskau.

Im Sommer 1968 hat in Basel Werner Düggelin des Stadttheater übernommen. Es war eine Art Weiterführung des Prager Frühlings. Das Theater war voll, auch bei Diskussionen. Viel junges Volk, das merkte, dass hier die richtigen, aktuellen Fragen gestellt wurden.

Einmal sollte im Bernoullianum eine Diskussion über Theater und Universität stattfinden. Der große Hörsaal war schon eine Viertelstunde vor Beginn gefüllt. Draußen warteten noch Hunderte auf Einlass. Sie skandierten »DüDüDüggelin, DüDüDürrenmatt« und »Dubček Svoboda«. Mit der Begründung, dass es ein demokratisches Unrecht sei, die Leute draußen auszuschließen, wurde die Diskussion vertagt. So basisdemokratisch war man. Und die Diskussion über Theater und Universität hat nie stattgefunden.

Düggelin hat dann die beiden Prager Regisseure Jan Kačer und Jiří Menzel nach Basel geholt. Ich war bei Menzel Statist und habe versucht, ihn auszufragen. Warum Václav Havel im Gefängnis sitze und er, Menzel, nicht? Das sei eine Frage der Veranlagung, des Naturells, hat er geantwortet. Er selber sei nicht geschaffen zum Märtyrer. Warum er denn nicht in Basel bleibe, wollte ich wissen. Nein, sagte er, er emigriere nicht, auch nicht in die USA. Er bleibe in Prag, auch wenn er nicht filmen dürfe.

1977 veröffentlichte eine Prager Dissidentengruppe die »Charta 77«, die sich, kurz gesagt, gegen die herrschende Parteidiktatur wandte. Wortführer war Václav Havel. Er wurde verhaftet und ging wieder ins Gefängnis. 1989 fiel das Sowjetreich in sich zusammen. Das ging fast lautlos vor sich. Hauptgrund für den Zusammenbruch war wohl die Tatsache, dass die Betonköpfe in Moskau die Volkswirtschaften so sehr ruiniert hatten, dass sie kurz vor dem Kollaps standen.

In Prag wurde Václav Havel zum neuen Staatspräsidenten gewählt. Er war eine moralische Instanz, zu dem die Bürgerinnen und Bürger Vertrauen hatten. Er war ein glänzender Redner, der seine Reden selber schrieb und glaubhaft vortrug: »Jene, die ihre Gegner viele Jahre lang mit einer gewalttätigen und blutigen Rachsucht verfolgt haben, haben jetzt Angst vor uns. Sie können ruhig schlafen: Wir sind nicht wie sie.«

1990 bin ich wieder hingeflogen, um mir das neue Prag anzuschauen. Ich sah eine vom realen Sozialismus zugrunde gerichtete Stadt. Die Hotels leer, die Weinstuben leer, die Einkaufsläden leer. Nichts zu kaufen, niemand hatte Geld.

Auf dem Wenzelsplatz war immer noch die kleine Gedenkstätte für den Studenten Jan Palach, der sich 1969 aus Protest gegen den Einmarsch der Panzer selbst verbrannt hatte. Sein Bild war zu sehen, sein Pullover. Sonst war der Platz leer. Außer einer Menschenschlange, die sich aus einer Seitengasse auf den Platz hinauswand. Ich ging hin, um zu fragen, auf was diese Leute warteten. Auf den neuen Film von Jiří Menzel, bekam ich zur Antwort. Er habe ihn schon Ende der sechziger Jahre gedreht, aber nicht mehr fertigstellen können.

Vor einiger Zeit war ich zu einer Lesung in Prag. Ich war gespannt, wie ich die Stadt antreffen würde. Es war ein Gedränge wie am Morgenstreich. Auf der Karlsbrücke war fast kein Durchkommen vor lauter Touristenleibern. Eigentlich logisch, habe ich gedacht, denn die Goldene Stadt Prag ist so schön wie Venedig. Aber heimlich habe ich immer noch vom Fest des Prager Frühlings geträumt.

Wie ich mit Hebel-Gedichten
Landflegel zähmte

Als ich in Zofingen in die Bezirksschule ging, hatten wir einen Mathematiklehrer namens Fritz Vogt. Der hatte in der Pultschublade einen Spiegel liegen, den er hin und wieder herausnahm, um darin seinen kahlen Schädel zu betrachten. Wenn er ein einsames Haar, das daraus zu sprießen versuchte, entdeckte, griff er zu einer Schere, die ebenfalls in der Schublade lag, und schnitt es wurzelnah ab. Worauf er sichtlich zufrieden Spiegel und Schere wieder versorgte.

Dieser Fritz Vogt hatte etwas gegen die Schpröcheler, wie er sie nannte. Er pries Fantasie und Gedankenschärfe der Mathematiker und goss ätzenden Spott über die Sprachbegabten, zu denen er auch mich zählte. Immer nur auswendig lernen, was geschrieben steht, hohnlachte er, und nichts denken dabei. Und um die Stupidität der Schpröcheler zu demonstrieren, drehte er wie ein Leiermann die rechte Hand im Kreis herum und sprach dazu folgende Verse: »Isch echt do obe Bauwele fail? / Sie schütten aim e redli Tail / In d Gärten aben un ufs Huus. / Es schneit doch au, es isch e Gruus.« Ich habe erst später herausgefunden, dass dies die ersten Verse von Johann Peter Hebels Gedicht *Der Winter* waren.

Als ich an der Universität Philosophie belegte, habe ich mich in den Schwarzwald-Philosophen Martin Heidegger vertieft, der unter anderem über Hebel geschrieben und ihn zu einem der letzten urigen Dichter der heimischen Scholle umstilisiert hatte, der noch das Gras hat wachsen hören. Was Hebel nie war.

Wieder Jahrzehnte später habe ich einen Aufsatz von Peter von Matt gelesen, worin er, ausgehend von einem Hebel-Gedicht, behauptet, Dialekt sei keine Literatursprache und werde nie eine sein.

Was stimmt jetzt? Ist Hebel ein tumber Verslibrünzler? Ein Künder uralter Volksweisheit? Oder ein zweitrangiger Mundartschreiber?

Mein Vater, der sein Heu eher bei Fritz Vogt auf der Bühne hatte als bei Heidegger, hat ein einziges Gedicht auswendig gewusst. Jedenfalls hat er nie ein anderes aufgesagt außer *Der Knabe im Erdbeerschlag* von Hebel. Er hat uns Kinder damit schwer beeindruckt.

Später habe ich das *Schatzkästlein* entdeckt, im

Bücherregal neben Gottfried Kellers gesammelten Werken und *Pelle der Eroberer*. Ich habe es bestimmt über ein Dutzend Mal gelesen. Ich hätte nicht genau sagen können, warum. Bestimmt haben mich die Strolche Zundelheiner und Zundelfrieder interessiert, die dem reichen Müller Streiche spielen. Aber es war wohl vor allem Hebels Sprache. Leute wie Ernst Bloch waren der Meinung, die plastische Kraft seiner Sprache gründe auf Luthers Bibelübersetzung. Ich denke, es ist anders. Hebel hat nicht den Umweg über Luther gebraucht. Er hat dem Volk selber aufs Maul geschaut, indem er die alemannische Mundart ohne Umschweife ins Hochdeutsche übersetzt hat. Daher, aus dem Dialekt, bezieht seine Sprache die Kraft.

Als ich Student war, habe ich mein Studium mit Stellvertretungen an aargauischen Bezirksschulen finanziert. Die Rechnung war einfach. Mit drei Wochen Schule geben konnte ich drei Monate Studium bezahlen.

Damals aßen Stellvertreter hartes Brot. Die zwölfjährigen Landflegel interessierten sich einen Dreck für Rechtschreibung und hohe Lyrik. Viel lieber streuten sie dem jungen Herrn Vikar Reißnägel auf den Stuhl. Nur wenn sie ein Gedicht von Hebel auswendig lernen und aufsagen mussten, wurden sie fromm wie Lämmer. Ich habe nie erlebt, dass einer gekniffen hätte. Sie haben die Verse zu ihrer eigenen Sache gemacht. Und da Hebels Gedichte meist sehr lang sind, konnte ich diese Deutschstunden mit Anstand zu Ende bringen.

Dies schreibe ich in einer Zeit, in der Bestrebungen im Gange sind, die Mundart aus dem Schulunterricht zu verbannen.

Ein Aargauer in Basel

Als ich zum ersten Mal von Zofingen, wo ich meine Jugend verbracht habe, nach Basel fuhr, war ich ungefähr sechs. Meine Eltern wollten damals wohl ausnahmsweise auf den Putz hauen, mit uns Kindern in eine Großstadt fahren und den Zoo besuchen. Vom Zolli weiß ich nichts mehr. Hingegen weiß ich noch genau, wie wir durch mehrere Gassen mit unglaublich hohen Häusern wanderten auf der Suche nach einem geeigneten Imbiss. Ein Stück Käse und Brot, so hat sich das mein Vater wohl vorgestellt. Dafür schien ihm die Walliser Kanne der geeignete Ort zu sein. Als keine handfeste Serviertochter auftauchte, sondern ein fein gewandeter Kellner, hätte er eigentlich gewarnt sein und die Flucht ergreifen müssen. Aber man sagt ja den Aargauern nach, sie seien stur. So begann mein Vater langwierige Verhandlungen mit dem Herrn Ober, die damit endeten, dass zum Probeverzehr ein sündhaft teurer Hors d'œuvre-Teller aufgefahren wurde, bei dem es dann auch blieb, für die ganze Familie, versteht sich. Ich weiß das noch so genau, weil sich meine Mutter fast in den Boden hinein geschämt hat.

Das zweite Mal fuhr ich mit sechzehn nach Basel, per Autostopp. Ich wollte das Meer sehen und fand im Rheinhafen ein Schiff, das mich nach Rotterdam brachte.

Das dritte Mal fuhr ich mit zwanzig nach Basel, um an der Uni zu studieren. Seither bin ich hier mehr oder weniger klebengeblieben.

Ich bin immer ein Fremder gewesen in dieser eigentümlich urbanen Stadt. Das hat schon an der Uni angefangen. Wir waren ein halbes Dutzend Aargauer und Solothurner, die im Uni-Café eine eigene Gruppe bildeten. Es hat sich nie ein Basler zu uns gesetzt.

Wenn es eine Aargauer Kultur gibt, so ist es eine bäurische Kultur. Wenn es eine Basler Kultur gibt, ist es eine städtische Kultur. Der Basler hat keine Ahnung, was ein Bauer ist. Er fühlt sich ihm erst einmal überlegen.

Gleichzeitig stellt er sich vor, dass der Bauer ur-tümlicher ist als er selber. Also beneidet er ihn für diese Urtümlichkeit.

Ein Aargauer ist sentimental. Er sagt laut her-aus, was er denkt. Er nimmt an, dass alles schlimm enden wird. Und darüber weint er in aller Öffentlichkeit. Ein Basler gibt nichts preis von sich. Er geizt mit Gefühlen. Er flüchtet in Ironie, in einen witzigen Spruch.

Ein Aargauer Bauer, wie ich einer bin, erschreckt Basler und Baslerinnen. Er weiß nicht, wie man sich benimmt, er stößt vor den Kopf.

Fast keiner meiner Freunde redet Baseldeutsch. Fast alle sind Zugelaufene wie ich.

Seit vor rund 170 Jahren das Baselbiet abgetrennt wurde, schmort die alte Reichsstadt im eigenen Saft, der langsam auszutrocknen droht. Sie hätte dringend Zuzug nötig, Sukkurs aus dem Umland. Aber für Basel ist alles jenseits der Stadtmauer Ausland, Aargau und Solothurn, Elsass und Markgräflerland. Das ist indessen der große Vorteil, den Basel einem hergelaufenen Aargauer bietet. Er wird nicht belächelt wie zum Beispiel in Zürich, er wird bestaunt. Die Basler staunen tatsächlich noch heute darüber, dass es Leute gibt, die nicht Baseldeutsch reden. Daraus entsteht erstaunlicherweise eine ganz und gar unschweizerische Toleranz dem Fremden gegenüber. Es ist eine Toleranz aus der eigenen Eigenart, der eigenen Stärke heraus.

Im Grunde ist Basel immer noch eine alte Reichsstadt, die zwar zur Eidgenossenschaft gehört, die aber einen eigenen Weg geht. Ein unsicherer Kanton ennet dem Jura.

Ich wohne gern hier. Für mich ist es fast ein Stück Ausland. Ich werde hier in Ruhe gelassen. Wenn ich in einer Zürcher oder Berner Beiz das Heft aus der Tasche nehme und hineinschreibe, drehen die Leute die Köpfe. In Basel schaut niemand her, es ist wie in einem Pariser Bistro.

Wenn ich aber abends in der Eckkneipe vorn beim Bier sitze und eine Aargauer Stimme höre, wird es mir warm ums Herz. Ich kann dann gleich sagen, ob die Stimme aus Lenzburg, Aarau oder Oftringen kommt. Ich gehe hin zu dieser Stimme, ich sage etwas und werde herzlich begrüßt. Und dann klönen wir wie richtige Aargauer.

Grappa im Schnee

Eigentlich halte ich nichts von Grappa. Dieser Schnaps ist mir zu scharf. Ich trinke viel lieber den dunklen, samtigen Merlot, wie er zum Beispiel am Hang über Morcote wächst.

Damals in jenem Januar habe ich eine Ausnahme gemacht. Ich war für einen Monat in Carona einlogiert, in der Casa Pantrovà, jenem Haus, das Kurt Held mit dem Geld, das er mit der *Roten Zora* verdient hatte, bauen ließ. Und da er kinderlos war, hat er eine Stiftung daraus gemacht.

Es steht direkt über dem Dorf in einem Park mit Birken, Pinien und Kastanienbäumen. Groß und angenehm zu bewohnen, mit Blick auf den gegenüberliegenden Generoso und mit einer Haustür ohne Klinke, die nur mit dem Schlüssel zu öffnen ist.

Ein Januar in Carona, das bedeutet Schnee, leere Gassen und eine einzige offene Wirtschaft, die Posta, in der abends um zehn noch drei, vier verlorene Seelen am Stammtisch sitzen.

So war es auch an jenem Abend. Ich hatte bis acht geschrieben, hatte dann eine Büchse mit Linseneintopf geöffnet und war in die Posta gegangen. Die üblichen Trinker saßen da, ich setzte mich zu ihnen.

Um neun kam ein deutsches Ehepaar herein, in meinem Alter. Eine blonde Frau mit breiten Backenknochen und lustigen Augen. Ein unscheinbarer Mann, der immerzu lächelte. Beide bestellten Grappa.

Die Frau schaute sich um. Sie schien ihren Mann zu mögen, aber sie schien sich zu langweilen. Wir wechselten einige Worte, und ich setzte mich zu ihnen an den Tisch. Sie war offenbar ein Mensch, der es liebte, andere Menschen kennenzulernen, indem sie jeden Fremdling sogleich in ein Frage- und-Antwort-Spiel verstrickte. Wer ich sei? Was ich tue? Warum ohne Frau?

Da in den letzten Tagen ein diesiger Nebel über dem Dorf gehangen hatte und jedes Wort, jeden Ton, jede Farbe weggeschluckt hatte, gab ich bereitwillig Auskunft. Endlich ein Mensch, der Fragen stellte. Ich stellte meinerseits Fragen, ich sah ihre Augen aufleuchten.

Ich weiß noch, dass wir unter anderem über die Zeit geredet haben. Sie gebrauche ihre Zeit, sagte sie, um Geld zu verdienen. Diesen Satz fand ich merkwürdig. Ich habe geantwortet, ich würde meine Zeit gebrauchen, um Geschichten zu erzählen. Und manchmal auch dazu, um zu leben. Sie fragte, ob es denn nicht das Schönste im Leben sei, etwas zu unternehmen, was Geld einbringe? Das Geld sei doch der schönste Maßstab, um das Leben zu messen.

So seltsame Sätze sagte sie, und ihr Mann lächelte dazu. Sie lud mich zu einem Glas Grappa ein, dann noch zu einem, sie bestellte Runde um Runde. Sie kippte Glas um Glas hinunter, und ich kippte mit.

Ich habe den Schnaps gut vertragen an jenem Tisch, so schien es mir jedenfalls. Er hat unsere Gedanken klar gemacht, so dass sie sich begegneten, sich umarmten und zu tanzen begannen. Das war wie ein Walzer, der uns in seinen Strudel zog.

Kurz vor Mitternacht erhob sich das Paar. Die Frau gab mir die Hand, der Mann nickte lächelnd. Sie gingen schnurgerade hinaus, ohne auch nur ein bisschen zu schwanken. Mir fiel ein, dass ich ihre Namen nicht kannte.

Ich trank noch ein Bier, um den scharfen Grappageschmack zu vertreiben. Dann fiel mir auf, dass ich betrunken war.

Ich hatte alle Mühe, zum Haus hochzukommen. Es hatte zu schneien angefangen. Die Flocken waren groß und feucht, der Weg war glitschig. Ich ging durch die Gasse, über den Platz, der ohne Menschenspur war. Nur eine Katze war vor kurzem darüber gegangen, man sah die Abdrücke ihrer Pfoten. Ich zog mich am hölzernen Geländer, auf dem ebenfalls Schnee lag, die Treppe hoch und betrat den Park.

Die Äste der Büsche hatten sich zum Boden geneigt, niedergedrückt von der Last der Flocken. Die Wiese lag rein und unberührt da, sie schimmerte trotz der Dunkelheit.

Ich stellte mich unter die Pinie und pisste. Dann wollte ich die Haustür öffnen. Das war nicht möglich, ich hatte den Schlüssel vergessen.

Ich ging ums Haus herum zur Tür, die in den Garten führte. Auch die war zugesperrt. Immerhin war es eine Glastür, ich hätte die Scheibe ohne weiteres einschlagen können. Aber ich wollte noch nicht.

Ich setzte mich auf eine der drei Stufen, beschloss zu warten und dachte nach. Auf was ich wartete, wusste ich nicht.

Die Flocken fielen lautlos vom Himmel, und ich fragte mich, warum das so lautlos geschah. Sonst entsteht doch Lärm, dachte ich, bei jedem Schritt, jedem Wort. Die Flocken segelten herunter, unhörbar, als ob es sie gar nicht gegeben hätte. Zu sehen waren sie kaum. Es war eher ein grauer, durchsichtiger Vorhang, der die Nacht durchscheinen ließ. Es war gar nicht erkennbar, dass es schneite. Ich spürte es bloß an den Händen, die ich auf die Knie gelegt hatte. Ich sah die Flocken auf meinen Fingern landen, ich sah, wie sie schmolzen. Nur unten, im Schein einer Laterne, sah man, dass es jetzt sehr dicht schneite.

Sie gebraucht ihre Zeit, um Geld zu verdienen, dachte ich. Warum auch nicht? Dies ist bestimmt eine der kurzweiligsten Arten, seine Zeit zu verbringen. Das ist wie beim Sport. Beim Sport kann man die Leistung auch messen, in Sekunden, Minuten, Stunden. Nur, fragte ich mich, was tut diese Frau mit dem Geld, außer Grappa trinken? Es kam mir die Frage in den Sinn, wie denn so eine Schneeflocke ihre Zeit verbringt. Wie viel Zeit ist ihr gegeben vom Moment an, in dem sie Schneeflocke wird, bis zum Moment, in dem sie auf meiner Hand landet und schmilzt? Was tut sie in dieser Zeit, die ihr Leben ist, außer fallen? Was ist das für ein Vorgang, dieses Fallen? Kann sie es irgendwie beeinflussen? Nein, das kann sie nicht. Ich habe mich als Schneeflocke gefühlt auf jener Steinstufe. Ich fühlte mich fallen, schweben, fliegen. Ich sah, wie der Schnee auf Händen und Knien liegenblieb, ich merkte, wie ich langsam festfror im Sitzen.

Der Gedanke tauchte auf, dass ich ohne weiteres sitzen bleiben konnte, wenn ich wollte. Ich würde eingeschneit werden, zugedeckt von einer weißen Decke. Die Wärme würde langsam meinen Körper verlassen, er würde gefrieren, hart wie Stein. Kein schlechter Gedanke, fand ich, es wäre ein langsames, schmerzloses Fallen in den Tod.

Dann hat der Schneefall aufgehört. Ich hatte es gar nicht bemerkt, ich war eingenickt. Auf einmal öffnete ich die Augen und sah in eine offene, reine Schneelandschaft hinein, die von innen heraus zu leuchten schien. Alles war genau erkennbar, obschon der Himmel noch immer bedeckt war. Die Birke mit den weißgezeichneten Zweigen, die Dächer des Dorfes unten, der Generoso gegenüber mit den hell schimmernden Felsen. Eine Schönheit war das, die mich nüchtern gemacht hat.

Ich nahm einen Stein, schlug die Scheibe der Tür ein, griff hinein und öffnete. Ich stieg hoch in mein Zimmer, legte mich ins Bett und deckte mich zu.

Am andern Morgen trank ich erst mal einen Liter starken Schwarztee. Dann setzte ich mich an den Schreibtisch. Schließlich gebrauche ich meine Zeit, um Geschichten zu erzählen, und nicht, um zu sterben.

Die Fahrt in den Heiligen Abend

Ich war vierzehn Jahre alt, als ich in den Schulferien zum ersten Mal im Zofinger Gemeindewald arbeitete. Junge Buchen und Tännlein setzen, den Jungwuchs mit dem Gertel von Dornen befreien, solche einfache Dinge. Arbeitsbeginn war um sieben Uhr morgens, das Mittagessen hatten wir in alten Militärtornistern bei uns. Meist war ich mit dem alten Schärer zusammen, der in der Krise Ende der zwanziger Jahre alles verloren hatte und über das Rentenalter hinaus arbeiten musste, um sich und seine Frau, die er bloß die Helvetia nannte, ernähren zu können.

Einmal war ein Schulkamerad von mir dabei, der aus einer neuapostolischen Familie kam. Der schwatzte mir die Ohren voll über seinen Glauben, er wollte mich bekehren. Die neuapostolische Kirche, erklärte er mir, bestehe aus zwölf Aposteln und einem Haupt- oder Stammapostel. Dieser Stammapostel habe geweissagt, die neuapostolische Gemeinde werde noch zu seinen Lebzeiten in die Ewigkeit entrückt. Ich solle beitreten, solange es noch Zeit sei.

Er hat mich einmal mitgenommen in einen Gottesdienst. Und ich war schwer beeindruckt. In Zofingen wohnte nämlich einer der zwölf Apostel. Der hat gepredigt, dass die fromme Gemeinde von Schauern gepackt erbebte. Ein begnadeter Gottesmann, der offenbar einen direkten Draht in den Himmel hinauf hatte. Eingerahmt wurde die Predigt von religiösen Liedern, die mit Inbrunst gesungen wurden. Fast schien es, als ob die Gemeinde die Kraft besäße, mit ihrem Gesang die Himmelspforte sperrangelweit aufzumachen.

Später habe ich gehört, dass der Stammapostel gestorben sei, ohne dass irgendjemand entrückt worden wäre. Was in Zofingens neuapostolischer Gemeinde einen Streit verursachte, der dem Vernehmen nach ganz und gar unchristlich mit Fäusten ausgetragen wurde.

Mit 24 Jahren habe ich meine Frau kennengelernt, die aus einer neuapostolischen Familie kam und gläubig erzogen worden war. Sie hatte sich aber, als Au-pair-Mädchen in London, von ihrer Erziehung befreit und war ziemlich heidnisch geworden. Den predigenden Gottesmännern, die ihr weltliche Vergnügungen wie das Tanzen verbieten wollten, hat sie kein Wort mehr geglaubt.

Was wollen Sie noch mehr?

Diogenes

Ihre Familie wohnte in einem Einfamilienhaus an der Grenzstraße gegen Oftringen hin. Einige Mitglieder waren inzwischen aus der frommen Gemeinde ausgetreten, andere nicht. Was nicht ohne Streit vor sich gegangen war.

An Heiligabend indessen versammelten sich alle in der Stube meiner Schwiegereltern, um das Fest von Christi Geburt zu feiern. Die Frauen mit frisch gebrannten Dauerwellen, die Männer mit Krawatten. Wir und unsere beiden kleinen Kinder waren mit dabei. Wir wohnten damals in Basel und hatten im Emmental ganzjährig ein Stöckli gemietet. Wir fuhren an Heiligabend also erst an die Grenzstraße zu den Schwiegereltern und anschließend ins Stöckli.

Die Stube war eigentlich zu klein für alle Gäste. Tante Lydia war da, ein hübsches Fräulein, das ein Leben lang in derselben Fabrik gearbeitet hatte. Tante Anna mit ihrem Mann, dem Onkel Emil, der während des ganzen Abends jeweils einen einzigen Satz wiederholte: »Es schmeckt gut.« Hinzu kam die jüngere Schwester meiner Frau. Es gab stets Kaninchenbraten mit Kartoffelstock und Erbsen aus der Büchse, dazu Rotwein aus dem Wallis. Wir saßen dichtgedrängt um den ausgezogenen Tisch. In einer Ecke der mit Glitzerschmuck überladene Christbaum, darunter die rot und blau verpackten

Geschenke. Von Streit war nie etwas zu bemerken. Offenbar hat das Weihnachtskind in der Krippe, die auf dem Schreibtisch stand, allen Hader zum Verschwinden gebracht. Oder, wie es im bekannten Lied heißt: »Christ ist erschienen, uns zu versühnen.«

Es wurde wacker gegessen und getrunken. Das Kaninchen war immer verkocht, genau wie die Erbsen. Was keine Rolle spielte. Die Schwiegermutter in weißer Bluse und mit hochrotem Kopf, Tante Lydia mit Unschuldsmiene, obschon sie, wie alle wussten, heimlich einen Liebhaber hatte.

Nach dem Essen wurden die Geschenke verteilt. Wohlriechende Badesalze und duftende Seifen für die Damen, Gaben also, die eher der sündigen Magdalena zuzuordnen waren als der reinen Maria. Für die Männer Dauerwürste. An der Wurst, die ich von Tante Lydia erhielt, hing jeweils eine Karte mit dem Satz dran: »Ich wünsche Dir viel Erfolg im Beruf.« Was mich freute, denn mein Schriftstellerberuf galt irgendwie als unseriös.

Dann, wenn unsere Kinder auf dem Diwan eingeschlafen waren, setzte der Gesang ein. Fünf Frauenstimmen waren da, und, mit mir, drei Männerstimmen. Wobei Onkel Emils Stimme eher einem Wimmern glich als einem kräftigen Männergesang. Ich musste mich also ins Zeug legen, was ich mit Inbrunst tat. Erst die Klassiker *O du fröhliche, Stille Nacht* und *Ihr Kinderlein kommet*. Regelmäßig versuchten wir auch *Es ist ein Ros entsprungen*, wobei wir uns nie über die genaue Melodieführung einigen konnten.

Anschließend waren die neuapostolischen Lieder an der Reihe. »Einen Freund hab ich gefunden, einen bessern findst du nicht«, »Kommt stimmet alle jubelnd ein, Gott hat uns lieb«. In einem andern Lied hieß es: »Und er weidet mich auf grüner Weide.« Wir sangen mehrstimmig, die Frauenstimmen schon fast virtuos. Vieles davon habe ich inzwischen vergessen. Aber wenn ich mitsingen würde, käme mir wohl alles wieder in den Sinn. Es waren Lieder der Sehnsucht nach himmlischer Hilfe, nach Erlösung von Traurigkeit, Krankheit, Not und Elend. Poetisch-kitschig formuliert, den Psalmen des Königs David nachempfunden. Das Wichtigste dabei war, dass alle, die mitsangen, zur Gemeinschaft gehörten. Und das war schön.

Die anschließende Fahrt von Zofingen ins Emmental hinauf, kurz vor Mitternacht, oder wie es im alten Lied heißt: »Wohl zu der halben Nacht«, war für mich stets eine Reise durch ein märchenhaft schönes Land. Hinten im Deux chevaux die schlafenden Kinder, neben mir meine Frau, den Blick skeptisch auf die Lichtkegel der Scheinwerfer gerichtet, der oft von Schneefall getrübt wurde. Ich selber am Steuer, ein Kapitän, der durch die Finsternis gondelte. Erst ein Stück weit die Zofinger Stadtmauer entlang, über die Wigger nach Strengelbach, die Schleipfe hinauf nach Vordemwald. Dann verschluckte uns der alte Boowald, ein schier endlos weitläufiger Forst, menschenleer, von niemandem durchwandert, höchstens ab und zu von einem Jäger, Pilzsammler oder einem einsamen Waldarbeiter betreten. Reh und Wildsau waren hier zu Hause, Dachs und Fuchs, der Schwarzspecht mit seinem feuerroten Kopf. Aber die schliefen wohl alle in dieser Nacht. Niemand war unterwegs, kein fremder Scheinwerfer riss die Dunkelheit auf.

Am Ende des Boowalds erhob sich links das Kloster St. Urban, die mächtige Fassade in blassem Schimmer. Der Bahnübergang von Roggwil, wieder ein Stück Wald, der alte Flecken Langenthal. Über der Hauptgasse, die jeden Sommer, wenn die Langete Hochwasser führte, meterhoch überflutet wurde, hing der leuchtende Stern von Bethlehem. Die Fenster der Wohnungen meist dunkel, manchmal war noch der späte Widerschein von brennenden Kerzen zu sehen.

Dann die ausladende Architektur der Bauernhäuser von Madiswil, die Fensterfront gegen die Straße hin, hinten Scheune und Stall, in dem die

Kühe schliefen, vielleicht auch Ochs und Esel. Nach der Wirtschaft Hirsernbad einsame Bauernhöfe, im nun stärker einsetzenden Schneefall bloß noch schemenhaft zu erkennen. Das letzte Wegstück zur Höhe hinauf, wo der Gasthof in völliger Dunkelheit lag, war vereist und rutschig. Ich schaltete in den zweiten Gang hinunter, vorsichtig wie Joseph, der seine Familie nach Ägypten führt. Maria neben mir war eingeschlafen, die beiden Weihnachtskindlein hinten drin schnarchten leise.

Auf dem letzten Stück zum Stöckli hinauf drehten die Räder durch, ich musste die Ketten montieren. Die pure Schinderei, die Taschenlampe im Mund, die Finger an den kalten Eisen. Und immer, wenn ich anfahren wollte, fielen die Ketten wieder von den Rädern. Bis sie endlich festsaßen und wir, im hohen Schnee hin- und herschlingernd, das Gehöft erreichten. Es schien ausgestorben zu sein. Bloß vom oberen Hof war das Bellen des Bernhardiners zu vernehmen.

Wir trugen die Kinder die Treppe hinauf. Meine Frau legte sie ins Bett und deckte sie gut zu, denn es war eisig kalt. Ich feuerte in der Küche die beiden Öfen ein mit den Studen, wie man es hier nannte. Geäst von Tannen und Buchen, die der Großvater vom Hof, zu dem unser Stöckli gehörte, am Waldrand oben auf dem Studenbock zu handlichen

Bündeln festgezurrt hatte. Sie brannten lichterloh, die erste Wärme stieg auf.

Ich trat auf die Laube hinaus und schaute auf die fallenden Flocken. Bis ich zwei Käuze hörte, die sich zuriefen. Dann ging ich wieder hinein, um Holz nachzulegen. Ich öffnete eine Flasche Wein, trank ein Glas, genoss die Stille. Ich wusste, dass die Altjahreswoche auf uns wartete, in der nichts Aufregendes auf uns zukam. Außer, dass die Sonne einen neuen Anlauf nahm, die Welt zu erhellen. Ganz langsam anfangs, kaum bemerkbar, aber zunehmend unübersehbar und tröstlich.

Über einen, auf den man
sich verlassen kann
Zum Tod des Schauspielers Mathias Gnädinger

Als das Fernsehen DRS, wie das damals noch hieß, die erste *Hunkeler*-Verfilmung plante, wollten sie Hunkeler mit einem Schauspieler besetzen, den ich nicht haben wollte. Mit einem hervorragenden Schauspieler zwar, der aber meiner Meinung nach zwanzig Jahre zu jung war. Das sprenge die ganze Geschichte, habe ich argumentiert. Ich brauche nicht einen vierzigjährigen, toughen Draufgänger, sondern einen älteren Mann, den das Leben mürbe geklopft hat. Ich wolle den Gnädinger haben. Auch deshalb, weil Gnädinger beim sogenannt einfachen Volk, das keineswegs dumm und blöd sei, außerordentlich beliebt sei.

Ein Autor übergibt in der Regel alle Rechte an seinem Text dem Verlag, der seinen Text veröffentlicht. Danach hat der Autor nichts mehr zu sagen. Weder zur Besetzung in einer eventuellen Verfilmung noch zur Handlung des Films. Es gibt unter amerikanischen Autoren ein Sprichwort: »Nimm das Geld, und schau dir den Film nicht an.«

Ich staune noch heute darüber, dass ich mich damals durchgesetzt habe. Meine Argumente waren offenbar so überzeugend, dass sie die DRS-Redaktoren überzeugt haben. Gnädinger war der richtige Hunkeler.

Insgesamt wurden sechs *Hunkeler*-Filme gedreht, alle mit Mathias in der Hauptrolle. Es gibt nur wenige Szenen, in denen er nicht im Zentrum steht. Er hat alle diese Filme auf seinen Schultern getragen. Er hat gespielt wie einer dieser großen amerikanischen Schauspieler, denen man gebannt zuschaut, ohne genau zu wissen, warum. Er hat aus seinem Innersten heraus gespielt, aus seinem Kern, er hat sich ganz auf diesen Kern verlassen. Deshalb hat er es nicht nötig gehabt, zu schauspielern mit aufgesetzten Gesten und Mienenspiel. Seine Figur hat von innen heraus geleuchtet.

Ich habe das Drehteam einige Male auf dem Set besucht. Ich bin jeweils über Mittag hingegangen, wenn die Leute zu Mittag aßen. Ich habe gehofft, ich könne dabei ein bisschen mit Mathias reden. Ich habe gleich gemerkt, dass das nicht ging. Er war auch beim Essen voll in der Konzentration auf seine Rolle.

Ich kenne nur einen Schweizer Schauspieler,

der dieselbe Intensität erreicht hat wie Gnädinger. Es ist Heinrich Gretler. Auch der hat ganze Filme getragen. Ich habe Gretler in seinen späten Jahren jeweils im alten Zürcher Pfauen sitzen sehen, vor sich einen Espresso und die *Neue Zürcher Zeitung.* Er saß immer allein, ein Solitär ganz und gar, sichtlich zufrieden mit dem Leben. Ein solches Alter hätte ich auch Mathias gewünscht.

Wir hätten gerne zusammen noch einen Film gemacht. Das Drehbuch ist in Arbeit. Geht leider nicht, Gevatter Tod war schneller.

Ich habe mit Mathias Gnädinger enormes Glück gehabt. So viel Glück hat ein Autor selten. Ich wusste, ich kann mich auf ihn verlassen, mit ihm kommt es gut heraus. Ich danke ihm herzlich dafür.

Kennengelernt habe ich ihn Ende der siebziger Jahre, als ich für das Zürcher Theater Neumarkt ein Stück von Carlo Gozzi bearbeitete. Mathias war dort im Ensemble. Er ist mir schon am ersten Probentag aufgefallen. Seltsam sperrig war er, ganz und gar unangepasst, ungemein raumfüllend. Es war die Zeit der Mitbestimmung. Alle haben sie mitgeredet und diskutiert, wie man es vielleicht auch noch ganz anders machen könnte. Außer Gnädinger. Aber er war der Einzige, der in der Szene von Anfang an präsent war.

Er hat es dann schlau angestellt. Er wusste, dass er in der Schweiz nur richtig Erfolg haben konnte, wenn er an großen deutschen Bühnen gespielt hatte. Er hat versucht, an die Berliner Schaubühne zu kommen, die damals das bekannteste Theater Deutschlands war. Sein Ziel war aber nicht Berlin, sondern die Schweiz. Er wollte ein großer Schweizer Volksschauspieler werden. Und er hat es geschafft.

Einmal hätte er in einem Hitler-Film Hermann Göring spielen sollen. Er habe keinen Satz herausgebracht, hat er erzählt. Er konnte diese Figur einfach nicht mit sich vereinbaren.

Als er seine Karriere begann, gab es noch eine scharf gezogene Grenze zwischen den verschiedenen Theaterformen. Zwischen seichtem Schwank und seriösem Stadttheater, zwischen Mundart und Bühnendeutsch. Er hat diese Grenze spielend übersprungen. Er hat am Burgtheater und auf der Zürcher Pfauenbühne gespielt, ist aber auch für das Theater im Kanton Zürich aufgetreten in Turnhallen und Gemeindesälen. Er hat sogar in Sitcoms des *Schweizer Fernsehens* mitgemacht. Etwas, was damals von der zünftigen Theaterkritik sofort bestraft wurde. Aber Gnädinger war unantastbar. Damit hat er den Jüngeren, wie zum Beispiel einem Mike Müller, den Weg geebnet.

Man hat ihm angemerkt, dass er nicht ausschließlich Schulen besucht hatte. Er kam aus einem Dorf, er hatte eine Lehre als Schriftsetzer gemacht. Diese Bodenhaftung hat er nie verloren, sie hat seine Schauspielkunst geprägt. Die Leute haben das gemerkt und ihn auch deshalb geliebt.

Je mehr ich über ihn nachdenke, umso mehr merke ich, dass ich sehr wenig über ihn weiß. Er hat fast nichts über sich erzählt, auch beim Rotwein nicht. Er hat sich über sein Spielen ausgedrückt.

Immerhin habe ich von ihm erfahren, dass er aus einer intakten Familie kam. Auch das war in den Siebzigern irgendwie unpassend, unzeitgemäß. Alle hatten wir Vater- oder Mutterprobleme. Er offenbar nicht. Er war stolz auf seine Familie.

Er ist im schaffhausischen Ramsen aufgewachsen, gleich an der deutschen Grenze. Seine Familie hat in der schlimmen Zeit Flüchtlinge, die heimlich über die Grenze kamen, aufgenommen und versteckt. Sie hätten noch viele Jahre nach dem Zweiten Weltkrieg regelmäßig Besuch aus Kalifornien bekommen, hat er erzählt, von Leuten, die dank seiner Familie überlebt hatten. Er hat auch berichtet von einem Onkel, der Kunstmaler war und für einige Zeit nach Afrika ging, um dort den Armen zu helfen.

Über Politik hat er nie geredet. Ich weiß nicht einmal, welche Partei er jeweils gewählt hat. Das war für ihn Privatsache, wie vieles andere auch.

Ich habe bei ihm erfahren, was wirkliche Berühmtheit bedeutet. Sehr eindrücklich war es, mit ihm eine Wirtschaft zu betreten. Wenn immer möglich, gingen wir in eine Beiz, wo nicht die Leute sitzen, die ein Theaterabonnement haben. Er hat nicht nach links und nach rechts geschaut und ist auf einen leeren Tisch zugesteuert. Es kam sogleich eine feierliche Stimmung auf im Lokal, das war immer so. Die Leute haben schlagartig leiser geredet. Nie hat ihn jemand angesprochen. Sie ließen ihn in Ruhe und haben sich gefreut, dass der Gnädinger unter ihnen war.

Einmal haben wir zusammen in Burgdorf eine Lesung aus einem *Hunkeler*-Roman gemacht. Ich bin mit dem Auto hingefahren, bin ausgestiegen und habe eine vorbeikommende Frau gefragt, wo denn hier das Theater sei. »Aha«, sagte sie, »wänd Ir ou de Gnädinger go luege?«

Es gibt wenige vergleichbare Figuren heutzutage. Überall hört man zwar, dass Charakter verlangt werde. Wenn aber jemand tatsächlich Charakter zeigt, wird gefräst und geschliffen, bis nichts mehr davon übrigbleibt.

Freuen wir uns also darüber, dass einer wie Gnädinger in dieser ängstlichen Schweiz hat Karriere machen können. Einer, der wirklich und wahrhaftig Charakter gezeigt hat.

Der Glockenklang am Zeilenende

Kürzlich war ein Mann vom Literaturarchiv Bern bei mir, um meinen literarischen Nachlass zu begutachten. Ich habe mich auf den Besuch vorbereitet und alle meine Hefte zusammengesucht, die ich im Laufe meines Lebens vollgeschrieben habe. Es kamen gegen zweihundert zusammen, karierte Schulhefte, voll mit meiner Handschrift.

Das hat mich irgendwie stolz gemacht. Ein Schriftstellerleben ist ja normalerweise nicht geprägt von auftrumpfendem Stolz und Selbstbewusstsein, sondern von Selbstzweifel. Man macht Fehler wie jeder andere Mensch auch. Dann schreibt man darüber, unerbittlich und verbissen. Am Schluss kommt man sich als Versager vor.

Und jetzt dies. Ein heimlicher Haufen Literatur, das meiste längst dem Versteck entrissen und veröffentlicht. Das Versteck ist noch da. Es ist die Handschrift, die ich schon im ersten Heft sogleich als meine erkenne. Seltsam, denke ich, wie sich alles im Laufe eines Lebens verändert. Nur die Handschrift bleibt gleich.

Ich habe alles von Hand geschrieben. Ich habe zwar immer miserable Noten bekommen im Schönschreiben, was früher ein Schulfach war. Ich habe die Lehrer zur Verzweiflung getrieben, da sie meine Aufsätze nur mit größter Mühe entziffern konnten. Ich finde das wunderbar. Die Hand schreibt, wie sie will.

Jeder Mensch hat seine persönliche, unverwechselbare Handschrift.

So ein Heft hat den immensen Vorteil, dass man es in der Kitteltasche mit sich herumtragen kann. Man kann es überall hervornehmen, in Eisenbahn und Wirtschaft. In der Rekrutenschule habe ich stets ein Heft bei mir gehabt. Es war gut, auf der Sonntagswache zum Beispiel ein paar Sätze hineinzuschreiben. Das hat geholfen gegen den Stumpfsinn.

Mit 22 Jahren bin ich mit einem Heft in der Tasche tagelang durch Paris gewandert. Wenn mir ein Vers einfiel, habe ich mich in ein Bistro gesetzt und ihn aufgeschrieben. Es sind damals viele junge Dichterinnen und Dichter durch Paris gewandert. Das waren gute Begegnungen.

Ich habe noch heute meistens ein Heft bei mir. Ich schreibe zwar nicht mehr oft hinein, weil mir nicht mehr viel einfällt. Vielleicht bin ich auch kritischer geworden.

Für einen Roman brauche ich drei, vier oder fünf Hefte. Ich schreibe durch, jeden Tag ein paar Stunden. Bin ich fertig, stelle ich eine Schreibmaschine auf den Tisch, lege das Heft daneben und fange an abzutippen. Ich kürze und verbessere dabei.

Ich benütze nur alte Schreibmaschinen. Ich hole sie bei Herrn Holderegger in der Basler St. Johanns Vorstadt. Ein alter Mann, der Schreibmaschinen revidiert und verkauft. Er freut sich immer, wenn ich komme. Er verkauft mir auch Kohlepapier.

Das hat sich so ergeben. Ich habe nie einen Anlass gesehen, zum Beispiel eine elektrische Schreibmaschine zu kaufen. Ich tippe mit Muskelkraft. Ich mag das Geräusch, wenn ich die Buchstaben aufs Papier haue. Ich mag den Glockenklang, wenn ich ans Zeilenende komme. Ich komme mir bei diesem Klimpern und Klingeln wie ein Schreiner vor, der ein Brett hobelt.

Ich will hier nicht programmatisch werden. Aber etwas fällt mir schon auf in letzter Zeit. Ich treffe in meiner Bekanntschaft nur noch Grüne. Alle sind gegen Atomkraft. Alle sagen, man müsse Strom sparen. Und wenn sie eine Steckdose sehen, rennen sie sogleich hin und stecken einen Stecker hinein.

Mi Muetter

Weni öppis Schwiizerdüütsch wott ufschriibe, de dänki a mi Muetter. Schwiizerdüütsch isch drom mi Muetterschproch.

Mir händ zwar nid gseit »d'Muetter«. Mir händ gseit »s'Muetti«. Aber »Muetti« tönt fasch echli kitschig, wemmers so luut seit. Mi Muetter isch öberhaupt nid kitschig gsii. Si isch usere alt igsässnige Puurefamilie i Schinznach-Dorf cho. S'Riniker-Huus, si het als ledig Riniker gheisse, schtoht zmitzt im Dorf, grad vis-a-vis vo de Wirtschaft Hirze. Ufgwachse isch si z'Aarau. Det isch si is Lehrerinne-Seminar gange. De het si es Johr lang d'Chind ghüetet binere riiche Familie z'Paris. De het si im Schloss Kaschtele im Schenkebergertal, wo die schwär erziehbare Buebe gsii sind, gschaffet. Ond de het si mi Vater ghürote.

Näbe minere Frau isch mi Muetter de wichtigscht Mönsch gsii i mim Läbe. Was jo nüt als normal isch. Zerscht liit mir 9 Mönet i de Muetter inne, wie imene Schiff. De schlüüft mir use ond mues

plötzlech schnuufe. De trinkt mir vo de Muetter-
bruscht, es cha natürlech au Baby-Nahrig us de
Fläsche sii. Dasch nid so wichtig. Wichtig isch,
das eim d'Muetter wicklet, wiegt, aluegt ond gern
het. Das si eim s'Gfüel git, mir sig öppis Schöns.
Das merkt es Baby. I jedefalls has gmerkt. Si het es
Liecht azündt i mir, das lüüchtet no hött.

Mir cha sich das nömm guet vorschtelle höttigs-
tags, wies säbmol gsii isch. S'het sich unheimlech
vil veränderet i de Ziit, sid i uf de Wält bi.

Im Chindergarte hämmer no e liebi Tante gha.
Au d'Lehrerin i de 2 erschte Primarschuelklasse
isch fröndlech gsii. Vo de a hets nome no Lehrer
gäh. De Lehrer Bolliger z.B. het mitteme Ha-
selschtäcke dri gschlage. Anderi händ mit de Hand
ghaue, das mir grad vom Schtuel gheit isch.

De brachiali Manneterror isch nid emol
s'Schlimmschti gsii. No schlimmer isch gsii, das is
öisi Erzieher, mi Vater igschlosse, wie de letschti
Dräck behandlet händ. Grad wie wemmer eri ge-
borene Gägner gsii wäre. S'isch keine vo dene
Büffle nöigierig gsii uf das, wo mir dänkt händ.
Domms Züüg, Chabis, cheibe Seich, das händ si
gmeint, wenn eine vo öis öppis gseit het. Si händ
öis als Tuble behandlet, nid als vernünftigi Mön-
sche. Si händ keis Gschpräch mit öis gfüert, nome
Befähl, Verbott ond Gschrei. Mir alli händ is mit

allem, womer gsii sind, müesse apasse. De eignig Charakter het mir grad chönne abgäh, irgend nöimet am Chleiderschtänder. Mi Vater isch au so eine gsii. Er het nüt als Terror gmacht, gäge öis Chind ond au gäge d'Muetter. Er het gschraue ond drii schlage, wies im grad passt het. Mini Muetter het er allerdings nie ghaue. Do hetter z'vil Reschpäkt gha. Oder isch es ächt Liebi gsii? Villecht, i weis es nid. I glaube, er het au mi gern gha. Es wär jo abnormal, wen e Vater si Sohn nid wörd gern ha. Aber gmerkt devo hani nüt. Weni öppis gseit ha, hetter nome de Chopf gschöttlet. Werom? I ha doch vil noche dänkt.

Mi erschti Schatz, es fiins Meitli mit helle Chruseli, hani vorem verschteckt. De Muetter hanis gseit, si het sich gfreut. De hani agfange, mis ganze Läbe vorem Vater z'verschtecke. I hanes Doppelläbe gfüert. Au i de Schuel. Das, woni dänkt ha, het öberhaupt nüt meh z'tue gha mit dem, woni i de Schuel ha müesse lehre. D'Lehrer hätte jo au chönne öppis vo öis lehre. Oder nid?

I glaube, weni mi Muetter nid gha hätt, wäri igange wiene Solot-Setzlig ohni Wasser. Eifach verlampet. Si het zwar nüt z'säge gha, het nüt chönne beschtimme. Aber si het mir ebe doch enorm gholfe. Wie si Bohne abgfädlet het. Wie sie Nastüecher glättet het. Eifach, wie si do gsässe isch. S'isch mir vögeliwohl gsii binere. Si het ebe dänkt, i sig e tolle Bueb.

Si isch de chrank worde, e schlimmi Chranket, wo langsam zum Tod füert. Das het si nid welle abwarte. Si het sich ombrocht, woni 18 gsii bi.

Mi Vater het de för es paar Johr d'Schproch verlore. Aber i hätt einewääg nömm chönne mittem schwätze.

I ha zimlech lang gha, bis i wider ha chönne öpper richtig gern ha. I bi neurotisch worde, was jo niemer wird erschtuune. Bis i de mini Frau gfunde ha. Eigetlech het si mi jo gfunde. Aber wär cha scho sääge, wär eim findt? Si het mi langsam wider uf mi eignig Wääg brocht. S'Liecht i mir het ebe immer nochli gflackeret.

Villecht dänkt jez de einti oder di ander, das sig e sentimentali Gschicht. Das wird au so sii. S'isch ebe es Schtöck Wörklechkeit. Ond d'Wörklechkeit het au mit Gfüel z'tue.

Die Gschicht, s'isch mi Gschicht, hani jez uf Schwiizerdüütsch verzellt. Ebe i miner Muetterschproch.

Die heimliche Sprache
Der Reiz des Dialektes für die
schriftstellerische Arbeit

Dialekt ist wunderbar. Dialekt ist zärtlich, genau und frisch. Dialekt kann alles. Froh
sein, gescheit sein, lieb, böse und traurig sein. Dialekt ist heimlich. Er heimelt an, er ist heimelig, er
verbindet uns mit den Großeltern. Die Schweiz ist
ein Land der Dialekte. Tessiner Dialekte, welsche
Patois. Deutschschweizer Dialekte. Alle reden in
ihrem Mutterdialekt. Insofern ist die Schweiz ein
heimliches Land.

Dialekt ist lebendige, gesprochene Sprache. Dialekt macht, was er will. Er verändert sich, wie er
will. Er lebt von Mund zu Mund, man kann ihn
nicht domestizieren. Die Deutschschweizer Dialekte sind durch keinen Luther geregelt, durch
keine Académie française kodifiziert. Es gibt keinen Deutschschweizer Duden. Alle reden, wie
ihnen der Dialektschnabel gewachsen ist.

Ich komme aus dem Aargau, wo die Dialekte

der großen Städte zusammenstoßen. Dieses Zusammenstoßen ist örtlich genau fixiert. Ich kann schon nach drei Sätzen sagen, aus welchem Bezirk jemand kommt. Ein Dialekt ist ein Stück Heimat. Jeder Dialekt ist eine eigene Sprache. Sprache kommt von Sprechen. Man spricht miteinander, man redet zusammen. Sprache ist mehr als bloße Kommunikation. Wenn man zusammen redet, entwirft man gemeinsam eine eigene Welt.

Es gibt ein paar heimliche Wörter in unseren Dialekten, von denen wir glauben, dass nur wir sie verstehen. Diese Wörter gelten oft als minderwertig. Aber genau diese Wörter halten uns zusammen. Wenn wir im Elsass oder im Schwarzwald an einem Stammtisch sitzen, stellen wir fest, dass auch diese Leute wissen, was ein Grind ist oder ein Muni. Dann merken wir, wie lächerlich neu die Landesgrenzen sind und wie alt unsere Wörter.

Zurzeit werden überall Ausstellungen eingerichtet, in denen wir die Vergangenheit, unser Herkommen zur Schau stellen. Die Kelten zum Beispiel sind groß in Mode. Die Megalithkultur, die Alemannen. Das lebendigste Museum, das wir haben, ist indessen unsere Sprache. Sie kommt so alltäglich, so selbstverständlich daher, dass wir kaum darauf achten. Es fällt uns nicht auf, dass uns die Wörter, die wir tagtäglich gebrauchen, mit den Jahrtausenden vor uns verbinden.

Kürzlich habe ich mich über das Wort Kabis (für Kohl) gewundert. Über die Redensarten, die es über Kabis gibt. Red kei Chabis. Das isch Chabis. Mach kei Chabis. Ich habe gedacht, Kabis sei ein keltisches Wort. Ich habe nachgeschaut und gelesen, dass Kabis von lateinisch caputia kommt, was kleiner Kopf heißt. Chabischopf also. Die Römer haben uns den Kabis gebracht und gleich auch das Wort dazu.

Dialekt ist Mundart. Mundart ist wesentlich älter als Schreibart. Von der Megalithkultur wissen wir praktisch nichts, weil die nichts aufgeschrieben haben. Von den Kelten wissen wir wenig, weil die wenig aufgeschrieben haben. Von den Griechen wissen wir viel, weil die viel aufgeschrieben haben. Megalithkultur und Kelten wirken indessen kräftig in unsere Zeit hinein. Das geschieht über die Mundart. Leute meiner Generation kennen wohl alle den Kindervers über die drei Mareien. Die eine spinnt Seide, die zweite chritzlet Kreide, die dritte macht das Tor auf und lässt die heilige Sonne herein. Diese drei Mareien sind offenbar drei uralte heidnische Göttinnen. Die Kinderverse sind heimliche Verse, Mundart eben.

Ich bin Schriftsteller, und ich schreibe hochdeutsch. Die Zeitung, die ich lese, ist hochdeutsch, Steuererklärung und Abstimmungsformular sind hochdeutsch geschrieben. Es würde mir nie einfallen, etwas in Dialekt zu schreiben, wenn ich nicht einen triftigen Grund dazu hätte. Ich weiß nämlich nicht, wie das geht. Für einen schweizerdeutschen Satz brauche ich doppelt so lang wie für einen hochdeutschen Satz. Ich muss beim Schreiben jedes schweizerdeutsche Wort buchstabieren. Ich muss für jedes Wort eine neue Rechtschreibung erfinden. Und die ist dann bestimmt falsch. Als 1973 mein *Erfinder* in Dialekt uraufgeführt wurde, war ich der Meinung, das Stück müsse *Dr Erfender* heißen. Es gab lange Diskussionen darüber. Der Erfinder sei doch kein Doktor, wurde eingewandt. Zudem sage kein Mensch Erfänder. Nein, sagte ich, aber es sage auch kein Mensch Erfinder. Wie einfach ist es doch im Hochdeutschen. Was ein Erfinder ist, wissen alle.

Kürzlich habe ich für eine Schauspielerin die Seligsprechung aus der Bibel in Dialekt übersetzt. Wer traurig ist, steht da, wird getröstet werden. Wie übersetzt man das? Eigentlich gibt es keine Zukunftsform im Dialekt. Wer truurig isch, sel tröschtet wärde. Oder doch: Wird tröschtet wärde? In Bern und in Basel zum Beispiel gibt es Dialektgurus, die versuchen, eine Rechtschreibung für die eigene Mundart aufzustellen. Die wissen genau, wie man etwas schreibt. In Basel berufen sich diese Gurus auf die Schnitzelbank-Tradition. Aber auch die Schnitzelbänke sind angenehmer zu hören als zu lesen.

Im Grunde kann man Mundart nicht lesen. Im Hochdeutschen gibt es kaum ein Wort, das man nicht schon tausendfach gelesen hat. Man kennt das Wort, man hat sein optisches Erscheinungsbild gespeichert. Man kann dieses Bild blitzschnell abrufen, man braucht mit dem Blick bloß darüberzustreifen. Wer Dialekt liest, muss buchstabieren, Wort für Wort. Buchstabe für Buchstabe. Manchmal versteht man ein Wort mit dem besten Willen nicht, man muss es sich vom Schreiber vorlesen lassen.

Gut eignet sich der Dialekt für Gedichte, für gesungene Lieder. Wer ein Gedicht lesen will, nimmt sich Zeit. Er nimmt sich auch die Zeit, ein Gedicht zu buchstabieren, bis er es versteht. Vor kurzem habe ich einem Mann aus München einen Gedichtband von Kurt Marti gegeben. Er hat hineingeschaut und den Kopf geschüttelt. Er hat kein Wort verstanden. Ich habe ihm dann vorgelesen, und er hat gelacht vor Freude. Schweizerdeutsche Lieder gibt es jede Menge. Wir alle kennen sie. *Roti Röösli im Garte, S Vogel-Lisi.* Es sind heimliche

Lieder, für die wir uns fast ein bisschen schämen. Zum Glück gibt es Mani Matter und Polo Hofer. Für die schämen wir uns nicht. Mundart kann eben wunderbar ins Ohr hineinfließen.

Es hat immer wieder Versuche gegeben, längere Erzählungen in Mundart zu schreiben, von Tavel, Ernst Burren usw. Ich erinnere mich an Martin Franks *Ter Fögi ische Souhung*. Eine heftige und zugleich zarte schwule Liebesgeschichte, in der sich Milieu und Mundart aufs innigste trafen. Das war großartig, das musste so sein. Ich liebe *S Jura-mareili* von Paul Haller über alles. Kaum jemand liest es, nicht einmal die Aargauer selber. Niemand, der gerne liest, will buchstabieren.

Wir alle, die wir aus der deutschen Schweiz kommen und schreiben, kommen aus dem Schweizerdeutschen. Früher war das ganz selbstverständlich erkennbar. Bräker und Pestalozzi zum Beispiel haben sich als dem deutschen Sprachraum zugehörige Schweizer verstanden. Sie haben aus ihrem Dialekt Saft und Kraft bezogen, sie haben deutschschweizerische Schriftsprache geschrieben. Pestalozzi hat in dieser Sprache Bestseller gelandet.

Ich finde, man darf einer Prosa ruhig anmerken, woher sie kommt. Gotthelf und Glauser sind bestimmt nicht unsere schlechtesten Autoren. Bei Dürrenmatt ist genau nachzulesen, wie er aus dem Berndeutschen heraus formuliert. Und bei Tim Krohns *Quatemberkindern,* einer Liebesgeschichte, die aus dem Glarner Dialekt herauswächst, wird es einem sehnsüchtig wohl ums Herz.

Ich habe meine beiden ersten Theaterstücke in Dialekt geschrieben. Das hatte drei Gründe. Erstens eignet sich Mundart gut für die Bühne. Zweitens fand um 1970 im deutschsprachigen Theater eine Dialekt-Revolution statt. Fleißer und Horváth wurden entdeckt. Kroetz und Sperr schrieben ihre dialektgefärbten Tragödien der kleinen Leute. Das wollte ich auch versuchen. Drittens handelt *Sennentuntschi* von Sennen auf der Alp und *Der Erfinder* von Bauern auf dem Dorf. Ich ging ganz nahe an diese Leute heran, so nahe, dass ich ihre Mundart hörte. 1972, als *Sennentuntschi* uraufgeführt wurde, war das neu. Die Leute hatten immer noch Schillers Blankverse im Ohr und konnten sich nicht vorstellen, dass auf der Pfauenbühne so geredet wurde wie in der Beiz nebenan. Einige waren schockiert, andere waren begeistert. Das Beste also, was einem jungen Dramatiker passieren konnte.

Vielleicht allerdings ist der Schock nicht von der erotischen Umgangssprache ausgegangen, die ich gebraucht habe. Die war alltäglich, die war allen bekannt. Der Schock bestand möglicherweise darin, dass der eigene Dialekt, die heimliche Mundart, auf der großen Bühne groß ausgestellt wurde. Das gehört sich nicht, dachten wohl viele. Diese Wörter gehören uns, wir verraten sie nicht.

Als die beiden Stücke in Deutschland nachgespielt wurden, wurde ich mehrmals gefragt, wer sie denn ins Hochdeutsche übersetzt habe. Auf die Antwort, dass ich das gemacht habe, wurde ich ungläubig angeglotzt. Denn ein Schweizer darf seinen Dialekt nicht ins Hochdeutsche übersetzen. Weil unser Dialekt eine heimliche Sprache und folglich unübersetzbar ist. Manchmal übersetze ich Stücke der klassischen Theaterliteratur ins Schweizerdeutsche. Ich mache das gern, wenn es mir sinnvoll erscheint. Man kann so den sogenannten Laienspielern, die nicht Bühnendeutsch können, die klassischen Sätze mundgerecht ins Maul legen. Man kommt ganz nahe an die Leute heran. Man kann die Sätze zum ungeahnten Aufschimmern bringen.

Bibliographische Nachweise

»Die Eule über dem Rhein«: Zuerst veröffentlicht in *Zeit Schweiz*, Zürich, 04.03.2010

I

Alle Texte sind in Hansjörg Schneiders Kolumne »Kleine große Welt« in der *Basler Zeitung*, Basel, zwischen Januar 2015 und September 2017 erschienen.

II

»Apfelpoesie«: Zuerst veröffentlicht in *Aargauer Zeitung am Wochenende*, Aarau, 14.04.2000

»Mein Schulweg«: Zuerst veröffentlicht in *Spuren. Literarisches Zofingen, Texte und Geschichten*, Zofingen 2001

»Mein dramatischer Augenöffner. Über Friedrich Schiller«: Zuerst unter dem Titel »Schiller war mein dramatischer Augenöffner« veröffentlicht in *Zofinger Tagblatt*, Zofingen, 04.05.2005

»Greti«: Zuerst veröffentlicht in *NZZ Folio* Nr. 325, Zürich, August 2018

»Gefüllter Kabis«: Zuerst veröffentlicht in du – *Die Zeitschrift der Kultur,* Nr. 689, Zürich, November 1998

»Idylle, tiefgefroren«: Zuerst veröffentlicht in *Diensttage. Schweizer Schriftsteller und ihr Militär,* hg. von Peter Stamm, Verlag Nagel & Kimche, Zürich, 2003

»Drei Mal Weihnachten«: Zuerst veröffentlicht in *Blick,* Zürich, 14./12./16.12.2004

»Der Dichter als Staatspräsident. Kleines Gedenkblatt für Václav Havel«: Zuerst veröffentlicht in *Basler Zeitung,* Basel, 03.03.2015

»Wie ich mit Hebel-Gedichten Landflegel zähmte«: Zuerst veröffentlicht in *Tages-Anzeiger,* Zürich, 10.05.2010

»Ein Aargauer in Basel«: Zuerst veröffentlicht in *Aargauer Zeitung,* Aarau, 23.08.2002

»Grappa im Schnee«: Zuerst veröffentlicht in *Was man sich in den Tälern erzählt. Geschichten aus dem Tessin,* hg. von Gerwig Epkes, Grappa Edition Isele, Eggingen, 2001

»Fahrt in den Heiligen Abend«: Zuerst veröffentlicht in *SonntagsZeitung,* Zürich, 24.12.2017

»Über einen, auf den man sich verlassen kann«: Zuerst veröffentlicht in *Basler Zeitung,* Basel, 07.04.2015

»Der Glockenklang am Zeilenende«: Zuerst veröffentlicht in *annabelle,* Zürich, 20.07.2011

»Mi Muetter«: Zuerst veröffentlicht in *Die Nachlese*,
    Schinznach-Dorf, 2005
»Die heimliche Sprache. Der Reiz des Dialektes für die
    schriftstellerische Arbeit«: Zuerst veröffentlicht in
    Neue Zürcher Zeitung, Zürich, 25./26. August 2001